ENE A O TIL

Mãe é pra quem a gente pode contar tudo mas não conta nada

LEONOR MACEDO

mórula EDITORIAL

Copyright © Leonor Macedo.
Todos os direitos desta edição reservados
à MV Serviços e Editora Ltda.

REVISÃO
Mariana Pires Santos

ILUSTRAÇÃO [CAPA]
Lucas Martin de Macedo Gagliano

CIP-BRASIL. CATALOGAÇÃO NA PUBLICAÇÃO
SINDICATO NACIONAL DOS EDITORES DE LIVROS, RJ

M122e

Macedo, Leonor, 1982
    Eneaotil : mãe é pra quem a gente pode contar tudo mas não conta nada / Leonor Macedo. – 1. ed. – Rio de Janeiro : Mórula, 2016.

    236 p. ; 23 cm.

    ISBN 978-85-65679-47-3

    1. Crônica brasileira. I. Título.

16-37411   CDD:869.8
                                      CDU: 821.134.3(81)-8

R. Teotonio Regadas 26, 904 – Lapa – Rio de Janeiro
www.morula.com.br | contato@morula.com.br

SUMÁRIO

PREFÁCIO
Vida não tem filtro — 7

APRESENTAÇÃO
Sintam-se em família — 9

QUANDO NASCE UM FILHO, TAMBÉM NASCE UMA MÃE — 11

Coração fora do corpo — 12
A criança mais legal do mundo — 14
Das chances — 16
Como nossos filhos — 19
Ser mãe é... — 20
Ah, tá — 20
Sai daqui — 21
Garoto esperto — 21
Pequenas coisas — 21
Por favor, escrevam cartas — 22
Influência musical — 23
Eu sou uma amendoboba! — 26
Dos aniversários de menina — 29
Bullying e histórias relacionadas — 30

Profissão perigo	32
Lucas e os estudos	33
Herói	34
A mais pura verdade	34
Sangue na Pompeia	35
Mudança de tempos	35
Presente surpresa	36
Das verdades	37
Três	41
Luquinhas no hospital	43

A MÃE DE UM PEQUENO TERRORISTA — 49

Nossa... Mas o que você deu pro seu filho? Fermento?	50
Lucas e seus capangas	52
Timing	54
Sinceridade	55
X9-Men	55
Retrato falado	56
Dia de princesao	57
Fui acampar. Levei a menor	61
Craque da mamãe	63
Craque (contundido) da mamãe	66
Futebol dos sonhos	68
Sua burra!	70
Desculpa de aleijado é muleta	70
Desculpe pela vergonha que eu passei	71
Vocabulário	71
O tempo passa	72
A primeira vez a gente nunca esquece	73
Viagem à roça	78
A gente se entende	83
Genética	84
Das denúncias	84

Coincidências	85
Vocabulário, de novo	85
Aulô?	86
Pero que las hay, las hay	87
Beijos e filho	88
Sete	91
Irmão...	94
Diálogos	95
Alguém dê um irmão para esse menino	96

COM QUEM SERÁ? — 97

Formatura de alfabetização: quê?	98
Creuzado	100
Vó, você conheceu os dinossauros?	103
Zezé e o pipi de pé	104
Vovó com 30 anos	105
Luquinhas xavequeiro	107
Aproveite enquanto ele te ama	108
Autoestima de zero a mil em dois segundos	108
Autoestima de mil a zero em dois segundos	109
Uma dica	109
Cara de pau	110
Nove	111
Lucas e o namoro	115
Luquinhas, o sexo e a lógica	117
Sogra do mês	119
Nasce um novo leitor	157
Lucas x Dona Maricota	158
Complexo de Édipo	158
Faz sentido	159
Conversa mole	159

A VIDA (DURA) DE MÃE — 161

Como nossos pais	162
Da vida (dura) de mãe	165
Parabéns para mim	167
As-sa-nhá-dá!	168
Sobre olhos	168
"Uma nação se faz com homens e livros"	168
Metrossexual	169
Sério, usem camisinha	169
Mães também podem namorar (*Special Edition* de Dia dos Namorados)	170
Dez	173
Dos presentes de 10 anos	177
Mulheres mais velhas	182
Redes sociais	188
Mãe não pode transar	189
TOP! TOP! TOP!	191
Tecnologia	195
Volta, Bob Esponja	196
Fluente	196
Autocrítica	197
Questões	197
Amor pra vida toda	198
Expectativa x Realidade	202
Atenção, isso é um *spoiler*!	202
Choque de gerações	203
Estresse	203
Roberto Carlos	203
É meu!	204
Patriotismo	205
Vai, Corinthians!	206
Sobre a verdade	208
Confusão	209
Ei, você reparou que tem um palhaço aqui?	210
Comédia da vida privada	212
Gratidão filial	214
Onze	216
Presente	219
Lucas na Argentina	220
Quando a criança não sabe mentir	220
Ídolos	221
Reconhecimento	221
O amor	222
Louca varrida	223
Com as próprias pernas	224
É muita sabedoria	225
Irmãozinho	226
Barba, cabelo e...	227
Treze	228
Gente fina	230
Reencontros	232
14	233
De filha para mãe	234

PREFÁCIO
A vida não tem filtro

De todos os ditos a respeito da maternidade, o que eu mais gosto é "Quando nasce um filho, nasce uma mãe". O senso comum coloca as mulheres como prontas para a maternidade, como se no momento em que nos descobrimos grávidas uma mágica acontecesse e, de repente, soubéssemos tudo a respeito do nosso corpo e do corpo que estamos gerando. O que sentir, como reagir, como cuidar. Mas, no momento em que entendemos que o nascimento do filho marca também o surgimento de uma mãe, mudamos essa lógica e nos colocamos no campo da maternidade real, que transcende o mito exatamente por ser um processo. Feliz, árduo e contínuo.

E é sobre isso que fala este livro que você tem em mãos agora – sobre a enormidade infinita que é essa coisa de ser mãe e como essa enormidade vem embalada em cotidiano. O amor, nos filmes e nos livros, sempre vem acompanhado do acaso, de mágica e de destino. Mas o amor não é um troço no qual você pensa quando está em pânico com um bebê nos braços, parida e meio apavorada. Ele vai sendo construído. Lentamente. A cada mamada. A cada fralda. A cada palavra. Em cada madrugada mal dormida. No primeiro passinho, na primeira banana amassadinha. Na primeira doença. No primeiro susto. Na crise da adolescência. Naquela briga de parar o mercado. Filho é alguém que você vai conhecendo para sempre, e é em cada descoberta que esse amor vai se tornando o que é.

Todo mundo reclama bastante do mito de Sísifo, o cara condenado pelos deuses a rolar uma pedra morro acima durante um dia inteiro, e no fim do dia a pedra rola para baixo e Sísifo tem que descer e começar tudo de novo. No senso comum, virou sinônimo de trabalho eterno, inútil e sem sentido. Mas o mito de Sísifo sempre me deu muito conforto – todos nós rolamos nossas rochas pessoais montanha acima, e isso pode ser chamado de propósito. Sísifo e as mães do mundo sabem que tem coisas que simplesmente devem ser feitas. Não acabar nunca também quer dizer que é sólido. Que é eterno. E quem disse que eterno não pode ser bom?

É nesse exercício de tempo que se localiza a experiência de ser mãe. Não precisa pressa, você ainda será mãe amanhã. E depois. E depois.

E foi com essa sensação de conforto que eu li o primeiro texto da Leonor sobre o Lucas. E eu ainda não era mãe. Não entendi exatamente por que estava chorando quando terminei de ler. Onde aquelas palavras tocavam a ponto de me emocionar, eu que não conseguia manter vivo um cacto e tinha pouquíssimo contato com crianças. Então eu reli e entendi que estava diante de um relato de uma honestidade radical sobre a vida.

E a vida não tem filtro, quando ela bate, bate. Em matéria de maternidade e relação mãe e filho, a honestidade anda sendo muito subvalorizada, massacrada, colocada num cantinho, coitada. Quando o Lucas nasceu, a internet ainda não tinha sido invadida por mães perfeitas, com seus partos perfeitos, comidas orgânicas perfeitas e paciência infinita. E a cada aniversário do Lucas que eu abria o laptop, ficava diante de uma mulher que jogou fora o roteiro e escolheu a si mesma como modelo. Alguns chamam isso de coragem. Eu sou cafona e chamo isso de seguir o próprio coração. Estava aí a origem de todo meu chororô.

Algum tempo depois, eu mesma tive minha filha. E consegui dar um abraço de verdade na Leonor. E ela estava preparando esse outro filho aqui. Um filho-livro. Um não manual, cheio de humor, afeto, acolhimento. Um abraço gostoso de vai ficar tudo bem — não importa o tipo de pessoa que você seja, de filho que você tenha, de mãe que você é. Basta não se esquecer: quando nasce um filho, nasce uma mãe. E é tudo isso que precisamos saber.

Renata Corrêa
Roteirista, escritora, colunista e mãe da Liz, de 4 anos.

APRESENTAÇÃO
Sintam-se em família

Quando eu comecei a escrever sobre o meu filho, ele ainda era pequenino. Tinha menos de 2 anos, estava firmando os primeiros passos, falando enrolado e descobrindo o mundo. Eu tinha pouco mais de 20 anos e também estava descobrindo o mundo junto com ele. Jovem, mãe solteira, saindo das minhas próprias fraldas e trocando as fraldas de alguém, que era de minha responsabilidade.

Foram o medo e a coragem que me impulsionaram e me levaram em frente nesses 15 anos em que montei e fortaleci a minha família com o Lucas.

Continuamos jovens e aprendendo um com o outro todos os dias. E essas histórias que a gente já viveu, que eu guardei e que conto agora neste livro, servem para me dar uma carga extra de coragem quando é preciso.

Não era essa a ideia original. As primeiras histórias eu escrevi porque sou ruim de memória e não queria me esquecer delas com o passar do tempo. O que ele falou? Como foi quando o primeiro dente caiu? E o primeiro dia na primeira série? Fui anotando pelo medo (ele de novo) de não me lembrar delas um dia e não saber contar para ele a sua própria história.

Eu escrevia e imprimia, guardava os papéis todos em casa. Vai que a internet acaba um dia, não é mesmo? E, de vez em quando, antes dormir, eu lia para ele sua própria vida, e ele adorava. Ele ria e se divertia, então eu percebia que o Lucas era feliz. Que mesmo com o pouco que eu tinha acumulado na vida (e falo de vivência) eu conseguia fazer com que ele fosse feliz.

Todos os dias surgiam novas histórias e novas pessoas que liam. Algumas eu nem conhecia. Depois eram mais pessoas que eu não conhecia do que pessoas que eu conhecia. Eu fiz amigos por causa dos textos sobre o meu filho, eu me reaproximei de pessoas, eu reconstruí relações.

Eu conversei com adolescentes, com mulheres solteiras que seriam mães e estavam apavoradas, mas que, por causa das histórias do Lucas, sentiam que aquilo tudo podia dar certo. Que dava para ser feliz. Que existia uma vida após o turbilhão que é engravidar jovem.

A ideia original era um dia juntar todas as histórias que já escrevi sobre o Lucas e entregar para ele, no seu aniversário de 21 anos. Um livro particular que seria só para o meu filho, para que ele olhasse para trás e visse que foi trabalhoso, mas divertido.

Mas quando eu recebi o convite da Mórula para editar e publicar algumas das histórias, me lembrei de tudo o que esses textos já me trouxeram. De todas as pessoas que riram, que se emocionaram, que me emocionaram, que se enxergaram um pouquinho no nosso dia a dia. Que se sentiram parte da nossa pequena família. Pensei nos meus pais e no meu irmão, que foram combustíveis para que eu crescesse como mãe e como pessoa. E no Lucas, que nunca mais me deixou sozinha. Ser mãe é ter um pouquinho de medo todos os dias, mas também um monte de coragem, e nunca mais ser sozinha. E é isso o que a gente conta nesse livro.

QUANDO NASCE UM FILHO, TAMBÉM NASCE UMA MÃE

Coração fora do corpo

Um dia teu filho é pequeno e nem alcança a maçaneta, muito menos o botão do 5º andar no elevador. Ele fica na ponta dos pés, ele se esforça, ele tenta, mas não vai a lugar algum sem você. No outro dia ele já faz o bigode, dá um tapa na tua bunda e diz que está saindo com os amigos.

Tua vontade é dizer ENE-A-O-TIL. Não, não e não. Na-na-ni-na-não. Que história é essa de sair sozinho? Quantos anos você acha que tem? Trinta?

Mas você sorri, diz que tudo bem, pede para ele dar notícias e não dar mais tapa na sua bunda. Implora para ele dar notícias, na verdade. E quando ele abre a porta, aperta o botão do elevador e cumprimenta os amigos na rua com aqueles soquinhos idiotas (você está vendo tudo da janela), só te resta torcer para ele voltar logo.

⁂

Quando eu tinha lá meus 12 anos, eu já ia sozinha para a escola, já andava de ônibus pela cidade, já ficava até tarde brincando na rua ou conversando com meus amigos na calçada. Já ia à padaria, ao shopping e ao cinema sozinha. Quando eu tinha 12 anos, minha mãe me liberou para viajar com a família de uma amiga, de carro, pelo interior do Paraná.

E eu queria mais! Aos 12 anos, eu já pedia para ficar até mais tarde nas festinhas. Já achava que meus pais não precisavam mais me buscar nos lugares (olha o mico!) e já fazia planos para ir a shows de rock do outro lado da cidade.

Não pensava em corações apertados e unhas roídas de preocupação, só pensava em ser cada dia mais livre. Crescer significava liberdade (só anos depois eu percebi que crescer significava contas para pagar).

Também não pensava em ser mãe, mas lembro que meus primeiros pensamentos em relação a isso foram de que eu daria toda a liberdade do mundo aos meus filhos.

— Eles vão poder ficar até tarde nas festinhas!

— Eles vão poder ir a shows de rock sozinhos com 7 anos!

— Eles vão poder voltar pra casa sozinhos de madrugada!

— Eles vão poder viajar pela América do Sul aos 5 anos, e sozinhos, se eles quiserem!

Aí eu pari.

⁂

Veja bem, não sou uma mãe neurótica. Meu filho não é proibido de ir aos lugares sozinho e aos 12 vai poder pegar ônibus para ir à escola e ficar até mais tarde nas festinhas tentando dar o primeiro beijo. Mas não é tão tranquilo passar por esse momento de deixá-lo ir.

Quando ele foi sozinho pela primeira vez ao mercado, no ano passado, fiquei com aquela sensação de que o André Marques* tinha sentado em cima do meu peito e acho que só consegui respirar quando ele voltou.

Dia desses nós estávamos chegando da escola e ele me perguntou:

— Aos 15, vou poder chegar em casa umas 2h, 3h da manhã, né?

Me imaginei completamente careca, cheia de olheiras e alcoólatra. Respirei fundo e disse:

— Vamos ver...

Ser mãe é isso mesmo: é uma briga constante entre emoção e razão, a vontade egoísta de não deixá-lo ir e a lembrança da vida que você queria ter quando tinha a idade dele. Então, provavelmente, eu deixe e finja que estou dormindo (depois de tomar umas e outras) quando ele chegar às 2h (às 3h, nem pensar!).

*antes da cirurgia bariátrica.

A criança mais legal do mundo

Se a natureza me desse a oportunidade de escolher quão legal poderia ser meu filho quando ele viesse ao mundo, certamente eu não teria pedido uma criança como o Lucas. O moleque supera todas as expectativas e eu jamais teria imaginado alguém tão legal quanto ele é. Não é coisa de mãe.

Veja bem: decidi colocar o meu filho na natação e comecei a pesquisar preços e escolas da região. Em bairro de burga, para uma criança bater os pezinhos na água duas vezes por semana, não sai por menos de R$ 120.* Isso se você, mãe de primeira viagem, desconsiderar que meninos e meninas pequenos não fazem uma atividade por muito tempo e resolver fechar um plano anual que te dá um desconto. Lá pelo quinto cheque, é dinheiro jogado fora.

Enfim, a mais perto de casa, que evita condução de ida e volta, é a mais cara de todas. E não é que o lugar onde moro seja o melhor do bairro ou da cidade, nem nada. Aqui até alaga. É a Lei de Murphy. E aceitando que a Lei de Murphy é a única que não dá para ser burlada, resolvi fazer lá a inscrição da criança. A atendente logo me alertou:

— A primeira aula é a aula-teste! Só para saber qual é o nível do seu filho.

Se ele realmente puxou à família, o nível é baixíssimo. Na água, deixando bem claro. A herança de nadar como um machado sem cabo passa de geração para geração. Foi assim com a vovó, a mamãe e é assim comigo, então não dá para esperar um Michael Phelps.

— E precisa comprar uma touca! E óculos de piscina! E não pode vir com sunga de outra academia!

Tudo bem, tudo bem...

Passei o fim de semana lembrando meu filho de que segunda-feira era a aula-teste.

— A aula em que você tem que mostrar TUDO o que sabe para a professora.

Afundar a cabeça e bater os pés na água. Foi o que fez aquele do clã Martin de Macedo que chegou mais longe. E eu pilhei o menino o dia todo, o fim de semana todo, e ele realmente ficou bem empolgado para a primeira aula-teste.

O meu castigo foi ser acordada às 6h10 da manhã:

— Está na hora da natação?

— Não...

— Amanhã tem aula de natação também?

— Não...

— Eu posso viver debaixo da água para o resto da vida?

— Não...

E de 5 em 5 minutos, Luquinhas ia ao relógio olhar se já estava na hora marcada. Nove da manhã, nos arrumamos: ele colocou a sunga, o chinelo, o roupão de vaca, a touca de silicone, e foi para a academia de mãos dadas comigo, pulando, rindo, gritando e com a cabeça toda esmagada e amassada por causa da touca.

Lá, esperou quinze minutos, esmagando o nariz contra o vidro para enxergar mais de pertinho as crianças que estavam em aula. Aí a professora fez um sinal e o chamou para a piscina. Era chegado o grande momento. E ele pulou na piscina com toda a vontade do mundo e do jeitinho que todo mundo tinha recomendado...

... para exatos dois minutos depois a professora tirá-lo da piscina, dar dois tapinhas em sua bunda e mandá-lo para mamãe. Dois minutos! Dois míseros minutos! Tudo o que ele tinha planejado e imaginado e se entusiasmado foi-se em dois minutos. Mais demorado que um espirro, mais rápido que dor de barriga!

Se eu tivesse a idade do Lucas, com certeza eu teria chorado, gritado, esperneado. Não saberia lidar com essa frustração nem se eu tivesse a idade que tenho hoje, se quer saber. Mas ele saiu firme e forte da piscina. Colocou o roupão, calçou o chinelinho, atravessou a ducha e me disse, com o maior sorriso do mundo:

— Muito legal a aula de natação, mamãe!

Humildade é isso aí.

* Esse texto é de 2007. Em 2016, com escassez de água no mundo, lugar nenhum custa mais isso.

Das chances

Vocês já devem ter ouvido por aí que quando nasce um filho, também nasce uma mãe. Isso quer dizer que a mãe de um filho perfeito não deixou um manual escrito com o passo a passo para um final feliz.

Você acabou de parir, tem seu filho nos braços pesando 4,100 kg, e não faz a menor ideia do que fazer com aquele pititico que cabe em uma caixa de sapatos. Quer dizer, sabe que vai ter que dar de mamar de 5 em 5 minutos, que vai ter que limpar o cocô e o xixi pelos próximos anos, e vai ter que se lembrar de algumas canções clássicas de ninar porque, de vez em quando, seu filho vai ter dificuldades para dormir.

Mas você não vai encontrar em nenhuma livraria um manual mágico sobre como fazer com que o seu filho faça a lição de casa, coma verduras e legumes, não use drogas, respeite os pais e pessoas em geral de qualquer classe social, gênero, cor e orientação sexual. Deve haver uma porção de autoajuda referente a isso, mas nenhuma realmente eficaz, que dê dicas sobre como tornar o seu filho um grande homem.

Tudo o que você fará dali por diante, do momento em que o seu filho saiu de dentro do seu útero até o fim da vida (pelo menos até ele quase completar 10 anos, que é onde estou agora), é uma mistura de instinto, bom senso e todos os exemplos (também bons, de preferência) que você aprendeu até então. Você se lembra da sua mãe, da sua tia, da sua vizinha, da sua avó, daquela reportagem na televisão, de filmes, de livros. O que você vai ensinar para o seu filho faz parte de todo o repertório que acumulou em vida (e quando se tem um bebê aos 19 anos, você teve pouco tempo para acumular qualquer coisa, então é bom que tenha vivido com qualidade). E, olha, posso te dizer que, ainda assim, você vai errar pra cacete.

❖

Lembro-me de, durante a minha adolescência e no auge da minha revolta, muitas vezes ter pensado em não querer ser como a minha mãe quando tivesse um filho. Eu pensava "eu nunca vou agir assim" e a culpava por ser autoritária, superprotetora, severa e por gritar tão alto quanto podia (oi, mãe! Sei que você está lendo isso, mas não desista do texto agora). Dela eu queria levar para os meus filhos a força, a objetividade, a paixão quando estivesse prestes a virar uma pedra, e a razão quando estivesse prestes a perder a cabeça.

É bem verdade que não fui uma adolescente fácil. Eu dei trabalho, muito trabalho. Discuti muito, briguei muito, preocupei muito e namorei muito. Ou seja, fui muito adolescente. Meus hormônios ferviam dentro de mim e meus pais, coitados, devem ter envelhecido uns 30 anos nesse período.

❖

Tudo isso foi para contar que, um dia desses, na semana passada, cheguei à escola do Lucas e, enquanto eu o esperava, uma coleguinha dele me avisou que ele tinha tomado uma advertência. As mães riram de canto de boca (existe *bullying* de mães na escola!) e eu senti uma vontade de entrar em estado gasoso. Depois, eclodiu dentro de mim uma vontade de matar, de gritar, de fazer exatamente como a minha mãe fazia. Demorou alguns minutos para eu me lembrar de como eu era na idade do Lucas, de como eu falava o tempo todo, de como eu infernizava o colégio, das advertências, suspensões, bilhetes e reclamações que eu já tinha levado para casa depois de um dia como qualquer outro na escola.

Enquanto eu pensava e ainda esperava meu filho, a mesma coleguinha (fofoqueira, desgraçada!) me pediu que subisse até a sala porque ele ainda estava copiando a lição e demoraria a descer. A professora também queria falar comigo. Subi, ainda espumando, mas tentando ventilar meu cérebro, e quando cheguei na sala, a professora me olhou um tanto feio – porque as mães, elas sempre são culpadas de tudo. Talvez aquilo tudo fosse genético mesmo. Naquele dia, três crianças da sala do Lucas tomaram advertência: ele, um menino e uma menina. Ele era o único que copiava a lição aos prantos e, quando cheguei, mal conseguiu me olhar nos olhos.

Na advertência veio escrito que ele falava o tempo todo e atrapalhava a aula. Descemos a rua, ele puxando a mala de rodinhas e eu pensando no que falaria. Metade de mim dizia que aquilo era uma besteira, que ninguém nasceu para ser uma múmia, que conversar em sala de aula é normal, que atire a primeira pedra quem não atrapalhou uma aula. Mas a outra metade, a que falou alto para o Luquinhas escutar, foi exatamente a que eu sempre neguei que seria. Eu gritei, dei castigo, esperneei, disse que jamais queria que aquilo se repetisse (mesmo sabendo que, provavelmente, na semana que vem, vai acontecer de novo). Depois, fiquei pensando que com a minha mãe devia ser a mesma coisa: metade dela devia querer fazer um cafuné e dizer que aquilo tudo era mais do mesmo, e a outra metade tinha a responsabilidade de nos ensinar o que podia e o que não podia. E deve ser por isso que nunca ninguém escreveu um manual: porque a nossa responsabilidade é só com quem a gente põe no mundo – e já é gigantesca.

❖

Fui dura com o Lucas nesse dia, bem dura. E trabalhei o resto do dia chateada, pensando se podia ter pegado mais leve, porque ser mãe é uma via de mão dupla.

Quando eu cheguei na casa da minha mãe, ele me chamou no meu antigo quarto. Em cima do sofá tinha uma caixinha de música com um bilhetinho escrito "abra". Ao abrir, vi que ele tinha dado corda na caixinha antiga, que toca aquela música do caminhão de gás. Do lado da bailarina dando piruetas, tinha mais dois bilhetinhos: "Desculpe" e "Eu te amo".

E uma cartinha, com a nossa foto bem no meio. Nela, estava escrito assim:

"Mãe, por favor, me desculpe. Nenhuma malcriação que eu fiz na minha vida eu queria ter feito, me desculpe. Eu prometo que não vou fazer mais malcriações em casa, na escola e em qualquer lugar. Por favor, me dê mais uma chance. Eu nunca mais vou te decepcionar na minha vida e também não vou fazer você passar vergonha. Por favor, me desculpe e me dê mais uma chance."

Seja mãe ou seja filho, a gente sempre tem a chance de acertar mais do que errar. O Luquinhas não me deixa a menor dúvida.

Como nossos filhos

Foi o primeiro dia do Luquinhas na primeira série. Isso mesmo: primeira série. Dá para acreditar? Nem saíram da minha memória ainda as marias-chiquinhas que eu usava no cabelo enquanto escrevia e pintava um desenho mal traçado no fim da lição.

Mas hoje me lembrei de outra coisa quando vi os olhos grandes e esverdeados do Luquinhas me fitando na porta do colégio. Daquela sensação que me esmagava o peito e tampava a garganta com um nó toda vez que eu mudava de escola. E mudava de amigos, de professora, de hábitos, de geografia, de caminhos. E me via diante de tanta novidade que dava uma vontade de me esconder debaixo da escada e chorar até dormir. Então eu respirava fundo, abanava a mão para a mamãe no portão, e seguia em frente. Sempre deu certo.

Quase 20 anos depois, naquela escola da Vila Madalena, vi meu filho fazer exatamente igual. Só que agora eu estava do outro lado. Abanando a mão e sentindo o mesmo nó e o mesmo coração apertado que minha mãe sentia quando me deixava, enquanto o Lucas gritava que ia morrer de saudades, subindo a escada, sem conseguir me ver e sem conseguir ser visto. Batendo nos degraus que pareciam infinitos a mochila de rodinhas dos Padrinhos Mágicos.

SER MÃE É...

Lucas me definiu assim (mas poderia ser a definição de qualquer filho sobre qualquer mãe): "Minha mãe é a pessoa da família que eu mais gosto. É para quem eu posso contar tudo, mas não conto nada".

❖

AH, TÁ

Lucas voltou da escola dizendo que tinha entrado em uma banda de rock'n'roll.

— Uma banda?

— Uma banda, mãe!

Aí eu lembrei que todos os antepassados do Lucas, de lá e de cá, não têm o menor talento musical. Tentei aprender a tocar violão, mas depois de 25 aulas desafinando no clássico *A canoa virou*, desisti.

— Lucas, mas o que você vai tocar? Você não sabe tocar nenhum instrumento!

— Vou cuidar da iluminação.

Ah, tá.

SAI DAQUI

Professora me contando um diálogo seu com o Lucas:

– Lucas, escreve seu nome em letrinhas menores. Assim não vai caber na folha!

– Professora, eu já entendi perfeitamente isso. Você me disse para escrever menor ontem, antes e outro dia. Agora vai ensinar o Eduardo que ele não sabe nada.

❖

GAROTO ESPERTO

No caminho da escola do Lucas:

– Atirei o pau no ga-to-to, mas o ga-to-to não morreu-reu-reu, Dona Chi-ca-ca admirou-se-se do berro, do berro que o gato deu. Miau!

– Que lindo, Luquinhas!

– Gostou, mãe? Eu que fiz.

❖

PEQUENAS COISAS

Uma das melhores coisas da volta às aulas (e uma das melhores partes do meu dia é levar o Luquinhas à escola para irmos cantando juntos. E quando ele canta quase todas as músicas dos Beatles com aquele inglês tosquinho, eu sei que estou fazendo um bom trabalho. Felicidade está nas pequenas coisas (aquelas de 1,50m, cabelos castanhos e olhos esverdeados).

Por favor, escrevam cartas

Eu sempre soube que o melhor dos presentes são as cartas.

"Mamãe, eu te amo muito, você é a pessoa mais fofa de todo o mundo, você é muito linda, eu sei que eu já disse isso, mais eu te amo muito, muito, muito, muito, muito, é muito mesmo. Eu estou fazendo um trabalho de dia das mães, uma sandália, eu sei que eu menti falando que era um coração pregado, mais é porque eu te amo muito mesmo. Todas as malcriações que eu já fiz para todo mundo e principalmente para você, eu não sabia o que estava fazendo, mais agora eu cresci e sei o que estou fazendo. Quando eu era um bebê você nem pensava que eu levaria advertência um dia e eu levei, mais isso não importa, o que importa é que eu te amo muito, muito, te amo. Nenhuma mãe é mais legal do que você, você é a mãe que o mundo todo gostaria de ter, você é a mamãe mais querida de todo o mundo, quando eu tiver dinheiro, eu compro tudo o que você quizer, amor de filho é sempre assim, meu amor por você é infinito, sem você eu não existiria. Beijos Lucas"

Influência musical

Quando você se torna mãe (ou pai), você recebe a incumbência de criar alguém. Mais do que instinto e estatutos legais, isso significa que tudo passa a ser sua responsabilidade: se o pequenino vai tomar as vacinas, se vai comer alimentos saudáveis, se vai frequentar a escola, se vai ser respeitoso com os mais velhos, se não vai se tornar um dedo-duro com os amiguinhos, se vai amar os avós e os animais, se não vai dar valor somente aos brinquedos caros, se vai ser um sujeito gente fina no presente e no futuro.

De todos esses e de tantos outros desafios de formar alguém, talvez um dos mais difíceis seja referente ao gosto musical de um pequenino. Mais até do que fazer o seu filho torcer pelo mesmo time que você, experimente influenciar uma criança no meio de tantos gêneros musicais e de tanta porcaria para saber do que eu estou falando.

Não se trata aqui de existir um gosto musical certo ou errado, cada um gosta daquilo que quer ou daquilo que é. Mas é um tremendo desgosto, para um pai ou uma mãe metaleiros, que o seu filho chegue em casa usando uma bandana do Chiclete com Banana, por exemplo. Ou que um filho metaleiro mande a mãe abaixar o pagodinho que está escutando porque aquilo é uma tremenda bosta. Por mais que a gente crie os filhos para o mundo, é bacana que o mundo deles seja compatível com o nosso, pelo menos no gosto musical.

Quando eu era criança, minha casa era cheia de música. Em dias alegres ou tristes, sempre tinha alguma trilha sonora: se meus pais brigavam, minha mãe chorava ao lado da vitrola ouvindo Chico Buarque e encharcava os encartes dos álbuns. Nos dias mais inspirados do meu pai, ele colocava no último volume Genesis, Alan Parsons Project, Temptations, Joe Cocker, até chegar à época do Lucio Dalla. Por vezes, minha mãe cozinhava ao som de Beatles e dançava sua dancinha desengonçada entre uma mexidinha e outra no arroz mole. Nos dias mais apaixonados, tocava Louis Armstrong, Ray Charles, Ella Fitzgerald. Nos mais revoltados, um Gonzaguinha, um Taiguara. Nos ensolarados, Cartola e Paulinho da Viola.

Aprendi a apreciar uma boa letra e um som em harmonia, embora nunca tenha me tornado uma expert em música. E é claro que não fiquei só nisso. Ninguém passa do Fofão pro Slayer sem manchar o seu currículo e, geralmente, a culpa é dos amigos. Eu ouvi New Kids On The Block e até rebolei com uns pagodinhos antes de, definitivamente, escolher o lado do rock.

Quando o Lucas nasceu, já se ouvia menos música em casa, mas todas as noites meu pai cantarolava até o meu filho dormir, ao lado do seu berço. E cantarolava Cartola, Adoniran, Elis Regina, Chico Buarque, Sueli Costa, Roberto Carlos. Lucas também aprendeu de pequeno a apreciar uma boa letra e um som harmonioso, embora não tenha tido um bom cantor. De vez em quando, eu também me arriscava a cantarolar para ele e Lucas gostava tanto daquilo que me pedia para gravar um CD (é amor de filho, gente).

Mas, como eu disse logo ali no começo, a gente cria os filhos para o mundo e, um dia, eles saem de casa para a escola ou para a casa do pai e voltam cantarolando Victor e Léo. E é triste, de partir o coração, que tantos anos de empenho e vexame ao lado do berço sejam jogados fora por 5 minutos de influência externa.

É na infância que muitas coisas são decididas e o bom gosto musical do Lucas também era a minha responsabilidade, eu não podia desistir desse menino, não podia entregá-lo ao mundo Chicleteiro. Passei a encher a minha casa de música novamente. E o meu carro. E os nossos dias. Meus pais deram a ele um MP3 Player e lá estavam as boas músicas. "Coloca um Victor e Léo também", ele pediu uma vez. Eu respirei fundo, coloquei e esperei. Porque eu sabia que era uma questão de tempo.

Não demorou muito para que o Lucas começasse a notar a diferença. Até que, um dia, um amigo me contou que trabalharia em um show do Ozzy e eu pedi que ele levasse um CD para assinar para o meu filho. Ele não conseguiu isso, mas me trouxe uma palheta usada no show.

O Lucas devia ter uns 8 anos nessa época e chamei-o na sala. Ele já estava pendendo mais para cá do que para lá na música e bastava um pouquinho para que eu lhe trouxesse em definitivo ao meu lado.

— Lucas, essa é uma palheta usada no show do Ozzy. Vou te dar ela, mas, me diz uma coisa: você ainda escuta Victor e Léo?

– Credo, mãe! Eu não escuto Victor e Léo desde que eu era criança!

Ali eu vi que tinha feito o meu trabalho. E hoje, quando escuto o Lucas cantarolando Beatles e pedindo o CD do AC/DC de Dia das Crianças, eu respiro aliviada. O ecletismo é importante, desde que ele mantenha a casa em harmonia. A minha está e meus ouvidos agradecem.

Eu sou uma amendobôba!

O fim de semana passado foi o meu último de férias dos dois empregos. Cá estou, a labutar desde às 7h da matina, com uma grande margem de atraso. Planejei mil coisas, mil acompanhantes, mil passeios com os amigos, mil aventuras malucas. Claro que dormi cedo no sábado e no domingo.

Amém existe o Lucas, que me rende boas gargalhadas e ótimos programas em família. Sábado decidi levá-lo pela primeira vez ao cinema, para assistir ao filme do Bob Esponja. Ele não liga muito para o Bob (nem sequer entende se é uma esponja ou um queijo coalho), mas foi a minha desculpa perfeita para ir ao cinema ver um dos meus desenhos animados preferidos.

Para explicar como a tarefa era difícil, é preciso lembrar que meu filho não é o garotinho mais calmo do universo. Apelidado de "cospe-chumbinho" pelos Gaviões da Fiel, de "Terrível" pelos familiares, e de "muito louco" pelos amiguinhos da escola, Luquinhas não está muito acostumado a ficar mais de sete minutos fazendo a mesma coisa. Arrastei para a selva meu personal-melhor-amigo-solteiro-e-sem-merda-nenhuma-para-fazer, sr. Júlio César.

Lá estávamos nós: eu, Lucas e Júlio, dividindo um cinema de shopping com dezenas de milhares de outras criancinhas, com idade mental equivalente às nossas.

— Compa pipoca.

Volta Júlio com pipoca.

— Queio água.

Volta Júlio com água.

As luzes ainda nem tinham se apagado e já estávamos completamente falidos por um garotinho de três anos. Expliquei para o Lucas que aquela janelinha na parede é de onde o moço projeto o filme para sair na tela. "Daliii para aliii", mostrei com o dedo.

— O que é pojeta?

— Xiiiiu que vai começar.

Então tudo ficou escuro.

— Ixi, mãe. Moiou.

Surpresa com o milagre da multiplicação realizado bem ali, diante dos meus olhos (Lucas transformou um copo de água em tsunami), tratei de tomar uma atitude. E lá estava meu filho, pelado no cinema, antes mesmo de os *trailers* começarem. Inesquecível foi o *trailer* do *Entrando Numa Fria 2* (para mim, para o Lucas e, logo, para o cinema todo, pois ele mencionava de cinco em cinco minutos, aos gritos, a cena em que o cachorrinho vai pela privada).

O filme me arrancou gargalhadas do princípio ao fim. Pena que não conseguiu prender da mesma maneira a atenção do Lucas, que começou a pedir para ir embora depois de vinte minutos.

— Mãe, vamos sair um pouquinho?

— Não!

— Só um pouquinho?

— Não!

Então, implorei:

— Assiste ao filme, Lucas.

— Não!

— Só um pouquinho?

— Não!

E restou-me chantageá-lo de todas as maneiras, porque eu não queria mesmo ir embora de um filme tão legal:

— Assiste, senão o Júlio vai ficar bravo.

— Assiste, senão nunca mais vai ao cinema

— Assiste e eu compro batata.

Bingo! Lá pelas tantas, ele resolveu brincar de descobridor e verificar o que tinha debaixo da cadeira dele. Só se esqueceu de olhar para trás e ver que, embaixo dos seus pés, tinha um precipício. Dois passinhos para trás e... POFT! Meu filho quase rolou até a tela do cinema. Milhares de curiosos se levantavam da poltrona para saber de onde vinha aquele barulho de cabeça de menino de três anos contra o chão. Eu só levantei a mão e gritei, "Opa, é meu, é meu. Não se preocupem!", e Júlio já estava a socorrer o pobre garoto. Depois de uns dez minutos do mantra "chororô da cabeça inchada" e de quarenta minutos de filme, as luzes se acenderam.

Encontrei meus pais na saída do cinema com cara, cabelo e olheiras de quem tinha participado de seu próprio filme de ação, aventura e bastante drama.

— Gostou do filme, Luquinhas?

— Gostei sim, vovó. Mas o mais legal foi quando deiam discalga e o cachoinho foi pela pivada.

Dos aniversários de menina

Ontem levei Lucas a um aniversário de criança. Aliás, pela mais pura falta de lazer e de grana, acabamos indo todos: eu, mamãe, papai e Lucas. Apesar da festinha ter sido bem na hora do jogo do Corinthians (tive de pedir para um amigo mandar os gols por mensagem SMS), me diverti horrores. Quem fazia aniversário era uma amiguinha do Lucas e todos os presentes, do vestido à bola de futebol, eram cor-de-rosa. Melhor dizendo, até as amiguinhas dela eram cor-de-rosa.

Para se entreter, inclusive, o Lucas teve de brincar com a penteadeira da menina. Depois ele achou um louva-deus e passou a aterrorizar as menininhas (ele era o único menino) atirando o bicho para cima delas. O inseto salvou a vida do Lucas porque apareceu bem no momento em que fotografavam o pobre garoto passando sombra e fazendo o cabelo na frente da penteadeira.

Bullying e histórias relacionadas

Eu nunca acreditei muito nesse papo de que criança é um bicho puro, indefeso e ingênuo, visto que sempre fui uma criança zoada até aprender a zoar todas as outras. No pré, as menininhas mais patricinhas riam de mim por causa do meu nome ou porque, desde cedo, eu não era muito fofa.

Depois eu estiquei demais, emagreci demais, perdi os dois dentes da frente e entrei naquela fase medonha e disforme da pré-adolescência, onde todos merecem ser zoados. Além do que, eu sempre usei roupas de meninos, herdadas do meu irmão e do meu primo, nunca quis fazer balé, era fã de futebol e colocava taturanas na cabeça.

Fui a última da turma a ter peitinhos, vivia com as canelas roxas, usava uma maria-chiquinha de lado nos anos oitenta e, já na adolescência, vestia roupas largas e camisetas de banda de rock. Na fase grunge, escondia a falta de bunda com uma camisa xadrez de flanela amarrada na cintura, e, na fase mais punk rock, guardava as canelas finas em coturnos pretos que iam até o meio da perna.

Quando fazia muito frio, vestia uma touquinha do Timão e matava de desgosto a minha mãe, que me apelidou carinhosamente, naquela época, de "mulamba girl".

Aí entrei na minha fase piqueteira-Che-Guevara e eu tinha certeza de que a revolução estava próxima. Eu acho que até hoje não sou muito convencional, o que faz as pessoas torcerem um pouco o nariz assim que me conhecem. E todo mundo só não sai correndo de vez porque, no fim das contas, eu sou até divertida.

Por causa de todo esse histórico, eu tive de aprender cedo a técnica do se-zoe-antes-que-te-zoem.

Na sala do Lucas também há um menino que vive fazendo cocô na calça. Não é tão normal nessa idade, afinal, com quase seis anos, as crianças saíram das fraldas faz tempo e já conhecem tudo sobre o vaso sanitário.

Parece que é um trauma que o menino tem de descarga e, ao invés de cagar e não dar descarga, ele prefere resolver o assunto ali mesmo. E os coleguinhas de classe, ao invés de dizerem que vai ficar tudo bem e fazerem um cafuné em sua cabeça, isolam o menino no canto da sala.

Um bando de canalhinhas. Não foi uma nem foram duas vezes que cheguei na escola para buscar o Lucas e encontrei o Thiago chorando, sem amigos. É quase todo dia e nem preciso mais perguntar para o meu filho qual é o motivo:

— Fez cocô na calça, mãe!

E eu explico todos os dias que eles têm que dar uma força para o Thiago porque quanto mais eles riem, pior fica a situação do menino. O trauma vai aumentando e eu imagino o Thiago chorando no canto do escritório e tendo que passar pelo RH para dar baixa na carteira de trabalho pela centésima quinta vez em menos de um ano, afinal, é preciso fazer cocô todos os dias.

Enfim, o mundo gira, a Lusitana roda, e a roda da fortuna nunca falha. Outro dia eu estava no trabalho e minha mãe me chamou na internet para contar que o Luquinhas tinha feito cocô na calça. Eu fiquei surpresa, mas imaginei que o desenho animado devia estar divertido à beça, que a preguiça foi maior do que a vontade, e que isso pode acontecer com todo mundo (não, gente, não acontece comigo. Nem quando vejo Bob Esponja).

Me lembrei do Thiago imediatamente e decidi que, quando fosse buscar o Lucas na escola, usaria o episódio da manhã como exemplo para que ele nunca mais zoasse o coleguinha. Só que eu não podia dizer para o Lucas que já sabia do episódio porque ia soar como fofoca e ele ficaria envergonhado. Precisava arranjar uma maneira de fazer com que ele me contasse.

Quando fui buscá-lo, no fim da tarde, esperei um tempo para ver se me contava espontaneamente, e nada. Aí resolvi perguntar sobre o Thiago:

— E aí, Lucas? Como está o Thiago? Ele melhorou ou fez cocô na calça hoje de novo?

— Fiz!

Profissão perigo

Veja bem: meu filho decidiu que será um fracasso intelectual. Mas, ao contrário de todos nós da família, leitores assíduos até de bula de remédio, Luquinhas pode ganhar algum dinheiro. Outro dia fui buscá-lo no colégio, carregando páginas do blog impressas nas mãos.

— O que é isso que você está segurando, mãe?

São histórias que eu escrevo.

— Ah, eu também quero escrever uma história.

— Quando crescer, você pode ser escritor, Luquinhas.

— Não! Eu vou vender entradas de cinema. Aliás, vou fazer melhor! Eu vou vender pipoca e refrigerante no cinema!

— Você quer dizer que vai ser o dono de uma rede de bombonières em todos os cinemas da galáxia?

— Não, só vou ser o vendedor mesmo da bombonière do shopping da Lapa.*

---

* *O shopping mais falido de toda a Zona Oeste paulistana.*

Lucas e os estudos

Lucas tirou 3 na prova de geografia passada. Três. Isso quer dizer que ele precisaria rachar de estudar para a prova bimestral, que é... hoje!

Estudamos ontem até as 23h e hoje até as 10h. Relembrei tudo o que podia sobre bacias hidrográficas, clima, vegetação, extrativismo, pecuária, agricultura. Mostrei a ele vídeos, fotos de viagem, fiz conexões com passagens históricas. Falamos sobre a Guerrilha do Araguaia, quando o assunto era a Bacia Tocantins-Araguaia, sobre o Rio Uruguai e os campos do Rio Grande do Sul, que visitamos no fim do ano passado. Falei, falei, falei. E ele prestando atenção em tudo. Aí chegaram as perguntas para saber o que ele tinha aprendido.

— Lucas, o que é agricultura de subsistência?

— São as plantas que estavam no solo já, sem o homem ter que plantar!

— Lucas, isso é vegetação! Agricultura de subsistência é o que as pessoas plantam pra comer! E o que é agricultura comercial?

— São as plantas que estavam no solo já, só que o homem vende.

⁂

— Qual é o tipo de pecuária quando o animal é boi?

— Bovina.

— De cavalo?

— Equina.

— De asno, jumento, jegue?

— Asinina.

— De porco?

— Porquina.

POR-QUI-NA.

Já estou preparada para a nota 2. Meu filho é o Palmeiras da Geografia.

HERÓI

Lucas desceu a ladeira da escola me contando, todo orgulhoso, de seu maior momento de bravura até aqui:

— Hoje entrou uma abelha enorme na sala de aula e as meninas tiveram um ataque histérico, mãe. Mas eu salvei todas elas. Empurrei a abelha para fora da sala e corri para fechar todas as janelas.

Então eu me lembrei dos chiliques que o Lucas já teve por conta de moscas, abelhas, vespas, baratas, formigas, aranhas, mariposas, grilos, borboletas, tatus-bolas e até folhas, que são movimentadas pelo vento, já que ele tem medo de tudo quanto é bicho, vivo ou morto.

— Jura? Você fez isso?

— Na verdade, quase fui eu. Foi o menino da mesa do lado.

∴

A MAIS PURA VERDADE

No livro de filosofia do Lucas:

1) O que você faz para ajudar em casa?

R: Mantenho o meu quarto arrumado, meus brinquedos arrumados, arrumo a minha cama todos os dias e respeito minha mãe e meus avós.

Eu só olhei para ele.

— Mãe, a gente tem que responder o que a professora quer ouvir.

SANGUE NA POMPEIA

Fui surpreendida pela menstruação e não tinha nenhum O.B. na bolsa. Cheguei em casa sem respirar e fui correndo até o banheiro, mas, no meio do caminho, Lucas meteu a cabeça no móvel da televisão e abriu o berreiro. Na hora fez um baita galo. Dei beijinho para sarar, abracinho, e passei arnica.

— Lu, quer que a mamãe coloque gelo?

— Não, mãe. Não quero.

— Então, tá, Lu. Vou colocar absorvente. Já venho.

— Ah, não! Absorvente, não. Coloca o gelo, então!

❖

MUDANÇA DE TEMPOS

Compro aqueles pacotinhos com duas escovas de dente: uma para mim e outra para o meu filho. Ao que ele me pergunta:

— Qual você escolheu?

A resposta vem rápida, sem pensar, com o cérebro programado desde 1982:

— Escolhi a que tem cor de menina.

— Isso não existe, mãe. Me diz logo a que você escolheu.

Eu estou fazendo algo de muito certo com o Lucas e muitas vezes o resultado disso é essa minha cara de cu.

Presente surpresa

A escola do Lucas me pediu R$ 2 para o presente de Dia das Mães. Eu fiquei curiosíssima com o que poderia ser comprado/produzido com essa quantia, mas criei uma expectativa de que eles juntariam os dois reais com o absurdo que é a mensalidade e me dariam um presente legal.

— Lucas, me conta o que você vai me dar de Dia das Mães?

— Não posso, mãe. É segredo.

— Vai, Lucas. Então me dá só uma dica.

Usei a mesma tática que ele usa quando quer saber o que vai ganhar de aniversário ou de Natal.

— Uma dica só? Tá bom, vai. Mas é uma só. Nem adianta pedir mais.

— Oba.

— É um ímã.

Das verdades

Acho que o Lucas foi o último da classe dele a deixar de acreditar em Papai Noel. Já fazia um tempo que ele voltava da escola e me perguntava:

— Mãe, fala a verdade para mim: Papai Noel existe mesmo? Nenhum amigo meu acredita nele.

Durante um tempo, confesso que menti. Menti porque achava que o Luquinhas "merecia" ainda sentir aquela palpitação que a gente só sente na noite de Natal quando é criança, esperando pelo presente. Menti porque quis que ele vivesse por mais tempo aquela curiosidade que faz a gente tentar espiar pelo buraco da fechadura para descobrir como diabos é o Papai Noel. Menti porque, depois que descobri que Papai Noel não existia, meu Natal foi ficando mais sem graça, ano após ano. Até ele nascer e iluminar os dias 24 e 25 de dezembro com seus olhinhos brilhantes, de tanta ansiedade.

Acho que não contei a ele antes que Papai Noel não existia por um pouco de egoísmo: Luquinhas devolveu os meus Natais felizes e, talvez, sem a crença dele no barbudo, tudo voltaria a ser sem graça.

Depois de um tempo, quando ele vinha com a pergunta fatídica, eu saía pela tangente:

— Cada um acredita no que quiser, Luquinhas.

E Luquinhas acreditava no que ele queria acreditar: sempre que perdia os dentes, guardava-os embaixo do travesseiro e ganhava dinheiro da fada; deixava uma folha de alface para o coelho antes de dormir em troca dos ovos; e trabalhava arduamente para cumprir as missões que o Papai Noel deixava ao longo do ano, escritas em cartinhas, porque acreditava ser um de seus agentes. Era divertido.

Os Natais sempre significaram, enquanto eu era criança, bons presentes. Meus pais faziam das tripas coração para conseguir dar a mim e ao meu irmão videogames, jogos, bicicletas, roupas boas. A gente creditava tudo ao Papai Noel, o que no fundo é uma grande sacanagem que eu só aprendi depois que virei mãe. Porque eu gastava uma fortuna com o Luquinhas e quem era amado por isso era um cara que sequer existia.

Mas é só mais um sacrifício que os pais fazem por seus filhos e valia muito a pena toda vez que eu via meu filho na ponta dos pés, tentando olhar pela janela para ver se via o trenó do Papai Noel sobrevoando justo a nossa casa, na Pompeia.

Não me lembro do dia em que descobri que ele não existia, mas me lembro de todos os Natais em que eu acreditei.

❖

No último Natal, decidi dar a viagem de carro até a Argentina de presente para a minha família. Mas eu ainda não tinha contado para o Luquinhas que o Papai Noel não existia, então não havia como justificar o presente. Afinal, se o Papai Noel estivesse nos presenteando com uma viagem para a Argentina, por que não nos levaria em seu próprio trenó em vez de nos deixar apertados dentro de um Celtinha vermelho por dias?

Então, antes de sair de São Paulo, eu comprei um presentinho para o Lucas. Coisa simples mesmo, bem diferente do que ele estava acostumado a ganhar do Papai Noel nos outros Natais.

— Mãe, como é que o Papai Noel vai nos achar se nem nós sabemos onde estaremos no dia 24 de noite? — ele me perguntou por várias vezes.

— Não se preocupe, Lu. Ele vai te achar — eu respondi, porque ainda não sabia bem como contar.

Descendo pelo Sul do país, acordamos no dia 24 de dezembro ainda em Porto Alegre. Tomamos café da manhã em Pelotas e percorremos todo o caminho até o Chuí, o trecho mais bonito da viagem. Cruzamos a fronteira para o Uruguai, passamos por Rocha e seguimos até Punta Del Leste. Lá, almoçamos. E rumamos para Montevidéu, aonde chegamos no meio da tarde.

Nossa véspera de Natal ia muito bem, obrigada. Nos instalamos em um hotel bacana e Luquinhas ficou mais aliviado porque daria tempo de Papai Noel nos localizar até lá. De noite, nos arrumamos e fomos procurar um restaurante para cearmos.

A ceia de Natal sempre foi farta também: peru, lombo, tender, camarão com catupiry, dois tipos de arroz, farofa, uns 5 tipos de salada, frutas e umas 6 sobremesas diferentes. Dessa vez, em pleno Uruguai, a gente só queria comer. Talvez uma carne boa, mas um jantar simples.

— Mãe, se der, a gente pode ficar no restaurante até a meia-noite? Quero chegar no hotel e já encontrar o meu presente!

Saímos de carro em Montevidéu e descemos até as ramblas para ver o pôr do sol no Rio da Prata, às 9h da noite. Alimento para a alma. Depois, entramos no carro e partimos pela cidade. Passamos por toda a orla iluminada, pegamos um trânsito de uruguaios com seus pratos de comida, indo cear na casa de parentes. E não encontramos nenhum restaurante aberto. Nenhunzinho.

Ceamos dois cachorros-quentes cada um, em um trailer na frente do Hospital das Clínicas de lá. Nós cinco: eu, Luquinhas, meus pais e meu irmão. Nós seis, aliás, porque conosco estava o dono do trailer, amargurado por ter que trabalhar na noite de Natal. Foi o pior cachorro-quente que já comi, mas a melhor ceia que eu já tive. Porque o Natal é estar com quem a gente ama, no lugar em que a gente quer estar.

❖

Quando chegamos ao hotel, alimentados de corpo e alma, Luquinhas não encontrou o presente em cima da cama. Esboçou uma decepção, mas antes que ele pudesse reagir, minha mãe gritou por ele no quarto ao lado: o Papai Noel tinha se confundido e deixado seu presente na cama dela.

Ele ganhou um carrinho, o presente mais simples que já tinha ganhado, sem saber que a viagem era o mais importante, o presente mais especial que eu já tinha dado a alguém. E ele ficou feliz como se tivesse ganhado na loteria.

— Papai Noel nunca se esquece, Lucas, por mais longe que a gente esteja de casa.

No dia seguinte, foi Natal. Ele saiu pelas ruas de Montevidéu com seu carrinho, que valia ouro. E no outro dia, fomos para Colônia do Sacramento, para atravessarmos o Rio da Prata de barco até Buenos Aires.

No dia 27 de madrugada, com o sol nascendo, bem no meio do Rio da Prata, chamei o Lucas e contei a ele quem era o Papai Noel e por que é que ele nunca se esquecia dele, o Luquinhas. Disse a ele que o Papai Noel era alguém que a gente queria ser quando se lembrava de fazer o bem, sem querer receber os parabéns. Que o Papai Noel era a minha vontade máxima de vê-lo feliz. E que o Papai Noel estava ali, diante dele, gaguejando enquanto o sol nascia no Rio da Prata.

Achei que aquele era o melhor cenário para fazê-lo entender que o Papai Noel vai existir para sempre, enquanto a gente estiver junto. Não sei se um dia ele se lembrará disso tudo, mas eu, Papai Noel, nunca vou me esquecer.

Três

Luquinhas, olha que dia lindo está lá fora para comemorar os seus 3 aninhos. Nenhuma gotinha de chuva, daquelas que você odeia e que não te deixam ir ao parquinho da escola, nem descer com o vovô para brincar no escorregador do prédio, muito menos ir ao Parque da Água Branca para mostrar como você aprendeu sozinho a subir pelo lado mais difícil do brinquedo.

Olha, Luquinhas. É tudinho para você. A mamãe não precisou comprar o Sol, o céu azul, o calor e a ventania. Você fez por merecer cada um deles nesse ano que passou. Não digo que foi um primor de educação e bom comportamento, porque isso não existe em crianças como você. Já diziam os nossos antepassados que "isso é sinal de saúde". E isso inclui derramar Toddy e azeite no sofá da vovó, correr enlouquecidamente pelo shopping sem dar a mão, se arrebentar uma vez por semana na escola, colecionar novos hematomas na mesma proporção dos novos coleguinhas. A mamãe também era assim. E se a mamãe era assim, posso te garantir que você será muito feliz.

Dos 2 para os 3 anos, meu filho, você aprendeu tantas coisas que eu nem poderia enumerá-las. Aprendeu que L é de Lelê e que M é de mamãe. Q de queijo. 1, 2, 3, 4, 5, 6, 10, 8, 3, 2, 10. Que debaixo da terra "nasce a cenoura e o metrô", como você mesmo explicou para o senhor do supermercado. Que quem vai ganhar as eleições é o Corinthians. Ou você, dependendo do humor do dia. Que "tem uma menina no trabalho da mamãe que é muito louca". Que o Júlio mora em "Piituba". E trabalha na Odebrecht, dito bem direitinho. Que a praia fica no Rio, onde mora o titio. E que o Tietê "é Rio, onde mora o titio". Que Roberto Carlos é melhor que Sidney Magal, e se disser o contrário, toma porrada. Você aprendeu que a faculdade da mamãe fica looonge e que tem que pegar metrô na "Bafa Fuda" e passar pelo "Aingabaú". Que pedir e ganhar presente é a melhor coisa do mundo e que a televisão é o melhor lugar para mostrar para a mamãe os seus novos objetivos, sejam eles carrinhos, carrões ou a Tele Sena premiada. E que se a mamãe fosse atender a todos os pedidos precisaria de 12 empregos, no mínimo.

Aprendeu que não há fila que a mamãe e os avós não peguem por dois minutos de cama elástica no shopping. E que em carrinho de bate-bate é adulto quem se diverte. Que na vida o legal é isso: poder dizer que ama quando se ama (e você aprendeu a dizer tão direitinho) e que "a mamãe não é boba, não", mesmo quando você quer dizer que eu sou uma tremenda de uma bobona por não deixar comer chocolate antes do almoço.

Vai lá, Luquinhas. Agora vai olhar o seu dia bem de pertinho e aproveita bastante. O dia, o mês, o ano, a vida toda. E olha para o lado sempre que precisar de "tudo as coisa". A bo...nita da mamãe estará aqui. Amo você. Feliz aniversário.

Luquinhas no hospital

Quando a médica me disse que o Luquinhas tinha tido um derrame na pleura, eu pensei que fosse derreter bem ali, no meio daquela sala gelada do Hospital São Camilo. E daí que eu não sabia muito bem o que era pleura? O nome é feio e a palavra derrame me deu tremedeira.

Como é que o meu pequenino tinha passado de um simples resfriado para um derrame no pulmão? Afora o fato de morarmos em São Paulo e de o ar daqui ser radioativo, só podia ser culpa do meu inferno astral. Porque, vejam bem, ele ficou terça e quarta com o nariz escorrendo, como uma criança remelenta absolutamente normal. Na quinta-feira, reclamou de dor de ouvido e eu deixei ele faltar à escola, mas pensei que fosse pura pilantragem para não estudar, já que de noite ele estava ótimo e até fomos ao shopping pegar um autógrafo do Maurício de Sousa. Na sexta-feira, ele foi para a aula, teve uma febre de 38°, o levamos ao hospital e de lá ele só saiu no sábado. Se vivêssemos em um seriado, até o Doutor House teria aceitado o caso, de tão bizarro.

Enfim, a médica não era tão charmosa quanto o Doutor House, o que tornou tudo ainda pior. Depois de um raio-x do peito do Lucas, ela me disse que ele estava com uma pneumonia forte e com água no pulmão, que é o que "derrame na pleura" quer dizer.

— Provavelmente terá que ficar internado, mas vamos repetir o exame.

A palavra "internado" me fez respirar ainda mais fundo, porque eu estava a ponto de chorar. Só queria o colo da minha mãe, mas, ali, a mãe que tinha que dar o colo era eu. Repetimos o raio-x e Luquinhas juntou as mãos em cima da mesa da médica e começou a rezar, pedindo para que não tivesse nada e não ficasse internado. Aí que eu me dei conta: como é que ele sabia ~~rezar~~ o que era "ficar internado"?

O segundo exame foi pior:

— A pneumonia dele aqui apareceu ainda maior. Vou consultar a minha colega na sala ao lado.

E quando ela voltou, anunciou a receita:

— Internação.

— Tudo bem, amanhã volto para casa — disse o Luquinhas, superconfiante.

— Amanhã nada, Lucas. Vai ter que ficar uns dias por aqui — respondeu a médica.

— Quantos dias? — perguntei.

— Não sei.

Sem o charme do House, mas com o mesmo coração gelado. Agora, sim, parecia grave.

Lucas foi encaminhado para a sala de observação enquanto checavam em qual quarto nós ficaríamos pelos próximos sei lá quantos dias. Estava lotada de crianças de todas as cores, tamanhos, idades e bactérias, e meu filho foi colocado em um berço, todo espremido. Mas aí ele já estava achando tudo o máximo. Até ter que colocar o cateter nas costas da mão para tomar a penicilina. Meu filho vai ser tenor.

A SAGA CONTINUA

Cinco minutos. Foi esse o tempo que o Lucas demorou para conquistar todas as enfermeiras da observação e mais uma dúzia de amiguinhos. No berço do lado, estava a Bianca, uma menininha de 5 anos que teve um piriri e foi internada para tomar soro.

— Faz quanto tempo que você está aqui? — perguntou o Lucas.

— Mããããe, há quanto tempo estou aqui?

— Você chegou hoje, filha. Já já vai embora.

— Mãe, quero ir embora hoje também — disse o Luquinhas para mim.

— É que a gente vai para a Disney na segunda-feira — contou a menininha.

— Mãe, eu quero ir para a Disney também.

Quando a Bianca foi embora, eles combinaram de brincar um na casa do outro qualquer dia, se despediram e nunca mais vão se ver. Nem aqui, nem na Disney.

É A AMBULÂNCIA, BESTA!

— Lucas, talvez você tenha que mudar de hospital.

— Ah, não. Não quero. Quero ficar aqui.

— Mas, Lucas, vai ser demais. Você vai de ambulância! — eu precisava usar algum argumento que parecesse divertido.

— Ambulância? Nem quero.

— Ah, não. Eu nunca andei de ambulância! Me deixa andar, vai? Pelo menos uma vez. Imagina? Todos os carros te dando passagem e a ambulância correndo muito no meio da Avenida Paulista?

— Avenida Paulista?

— Ééé! A gente pode ficar em um hospital lá.

Pronto. Quem é que nunca quis andar de ambulância pela Avenida Paulista? Ele estava convencido e até eu comecei a me empolgar.

No fim da sexta-feira, quando já estava fazendo o Lucas dormir na sala de observação, me chamaram na internação:

— Conseguimos um quarto na maternidade. Ele ficará por lá até ser transferido para a pediatria.

Respirei aliviada, porque o Hospital São Camilo fica do lado de casa e seria mais fácil para meus pais irem e voltarem quando quisessem. Mas eu já tinha convencido o Luquinhas de que seria legal demais andar de ambulância. E agora?

— Luquinhas, você vai ficar por aqui e não vai mais andar de ambulância.

— Aaah, não!

— Mas vai andar de cadeira de rodas!

Eu tinha que ter uma carta na manga.

SIGNOS

— Lucas, você é solteiro? — perguntou a enfermeira, preenchendo o prontuário médico e tentando descontrair.

— Eu não!

— Como assim você não é solteiro, Lucas?

— Mãe, você que vive me dizendo que eu sou de escorpião.

SIMPLICIDADE

Criança tem uma capacidade de sempre ver o lado bom da coisa e a gente tem muito o que aprender com elas. E o Luquinhas parece que tem essa capacidade redobrada. Ao entrar naquele quarto antigo do hospital, ele ficou encantado:

— Gente, que quarto mais chique.

E correu para o banheiro, que mais parecia daqueles hotéis xexelentos de beira de estrada:

— Nooossa, que chique esse banheiro. Vem ver isso, gente.

A cama era daquelas cheias de botõezinhos, que fazem a cabeceira subir e descer. Os olhos dele brilharam:

— Quero morar aqui! Eu sempre quis ter uma cama dessas!

SOBRE DIETA HOSPITALAR E PALAVRÕES

Emagreci 3 quilos no tempo em que o Lucas ficou no hospital. Vejam bem: 3 quilos em 6 dias. Eu deveria aparecer na capa daquelas revistas Dieta Mais, Boa Forma, dando a receita do meu sucesso: "foi tão simples. Meu filho de 6 anos teve um derrame no pulmão esquerdo e eu fiquei sem comer e sem dormir por alguns dias".

Mas não comer e não dormir não foram opcionais. Vieram no pacote das preocupações, das angústias, da parte mais difícil de ser mãe. Do nó que fica na garganta, do bolo no estômago, da comida não digerida desde o momento em que a médica anunciou o derrame no pulmão. E das enfermeiras maníacas que te acordam de meia em meia hora na madrugada para a inalação, o antibiótico, o anti-inflamatório, o digestivo, o corticoide, bater um papinho, falar da novela, te contar do casamento da Sandy.

Os remédios do Lucas eram todos intravenosos e durante os primeiros dias ele teve de tomar penicilina. Ação: penicilina queima. Reação: Lucas grita.

— Doeu pra cacete!

— Luuucas!

— Doeu pra cacete mesmo.

Bom, se a gente não vai liberar os palavrões para os nossos filhos nessas circunstâncias, quando é que vamos fazê-lo, né?

SINCERIDADE INFANTIL FODE

Quando a fisioterapeuta entrou no quarto, Lucas olhou para a sua foto no crachá e disparou:

— Nossa, você está muito mais feia hoje do que quando tirou esta foto. O que aconteceu?

Talvez demore mais tempo para que o Lucas receba alta depois dessa.

FESTA DE EMERGÊNCIA

Meus amigos são incríveis e o domingo ficou agitadíssimo lá no hospital. Durante o dia todo, ficou um entra e sai de gente e de presentes e de chocolates naquele quarto. Se a gente tivesse feito uma pesquisa Ibope para saber quem era o mais prestigiado daquele andar, o Luquinhas teria ganhado disparado de qualquer outra mãe recente e seu pequeno feto.

— Tio, isso aqui está o máximo. É tipo o meu aniversário. Todo mundo que vem aqui me traz um presente — ele contou para o meu irmão pelo telefone.

O QUE IMPORTA É SE DIVERTIR

Já em casa, dia desses, antes de dormir, perguntei para o Lucas:

— Cinco lugares onde você queria estar agora, filho.

— Parque, praia, piscina, shopping e hospital.

A MÃE DE UM PEQUENO TERRORISTA

Nossa... Mas o que você deu pro seu filho? Fermento?

Dia desses, eu e meus pais levamos o Lucas para conhecer uma escolinha. Ele só tem 2 anos e meio, mas é preciso que gaste energia em algum lugar. Mamãe está quase morrendo louca e fica com os cabelos em pé a cada palavrão dito pelo pequeno terrorista. "Ele convive demais com adultos", chegamos à conclusão. Então, achamos que a solução é colocá-lo em convívio com delinquentes infantojuvenis de 4 anos. Se ele não aprender a conseguir seu próprio fogo sozinho, ou a cavar um túnel com uma colher, estará curado.

Quem seria capaz de imaginar que a pequena Leonor Macedo já tem um filho pronto para a escola? Parece que foi ontem que o gira-gira da Escola Trenzinho emperrou e a Super-Lelê, também aos 2 anos, tentou arrumar. Quando coloquei a cabeçona lá embaixo, ele desemperrou e as criancinhas começaram a correr para pegar velocidade. Voltei para casa parecendo o Corcunda.

Também me lembro perfeitamente do rosto assustado da minha mãe quando ia até a Escola São Domingos para buscar eu e meu irmão e nos encontrava com as cabeças cheinhas de taturanas. Que gostoso era sentir aquilo peludinho. Os afagos da tia Loló (era esse mesmo o apelido dela), as broncas da tia Cecília, e meu primeiro namoradinho, relacionamento mais duradouro que tive até hoje. Durou o pré I, II, III e a primeira série. Aí ele me chutou para ficar com a gordinha da Mariana. Mas não guardo mágoas dessa filha da puta.

E é impossível esquecer quando a Fernanda vomitou sanduíche de presunto na minha mão, na terceira série do Tenente José Maria Pinto Duarte, só porque fui ajudá-la a correr até o banheiro. Nunca mais fui a mesma. Meu nível de solidariedade, hoje em dia, é baixíssimo. Ou como eu ficava emperebada toda vez que distribuíam Mummy (hoje Muppy) na hora da merenda. Colégio público é isso aí.

A cena do Fabrício suado, correndo para se lavar, depois de uma aula de educação física, e rolando na cagada que deram no chão do banheiro do Miss Browne. E a mãe dele tirando-o da escola só por causa disso. E como apagar de minha memória o campeonato de futebol do primeiro colegial, quando a Flavinha fez o gol e foi comemorar no melhor estilo boleiro: colocou a camiseta na cabeça porque estava com uma blusinha por baixo, mas a blusinha subiu e ela ficou com um seio de fora diante de centenas de pessoas. Mesmo assim, bravamente, concluiu todo o ensino médio no Brasílio Machado.

Agora é a vez de meu filho. Passo para ele toda a responsabilidade de ser feliz em sociedade e, mais do que tudo, honrar o sobrenome que lhe dei. Sei que não é fácil manter meu padrão de qualidade.

Lucas e seus capangas

Parece que André, ex-melhor amigo do Lucas, tornou-se seu maior desafeto. Tudo por causa de uma partida de futebol.

— Mãe, nunca mais quero olhar para a cara do André.

— Ué, mas ele não era o teu melhor amigo?

Acho que nunca foi meu amigo, mãe. Ele me sacaneou na aula de educação física.

O que ele fez?

Eu estava jogando futebol e era o goleiro do meu time. Ele estava no outro time. Então ele ficava com a bundona na minha frente para me atrapalhar e não me deixava ver a bola.

Então eu me lembrei que não fazia nem uma semana que o Lucas tinha me dito, todo orgulhoso, ter feito a mesma coisa com outro menino no futebol.

— Ué, você não me disse que fez a mesma coisa com outro menino no futebol na semana passada? E ainda por cima achou o máximo?

Mas, mãe, o menino não era meu amigo! E o André dizia que era.

❖

Aí ontem eu fui buscar o Lucas na escola e ele me disse:

— Mãe, não tenho mais com o que me preocupar. Contratei três seguranças para bater no André.

— Quê?

— É. Basta ele me encher o saco para o João Gabriel, o Lian e o Rafael entrarem em ação.

— Mas não eram esses três que você odiava?

— É, mas agora eles são meus seguranças.

— Lucas, você precisa parar com isso. O André é superbonzinho e esses três são umas pestes. E a professora disse na reunião que na sua turma só tinha brigão e que ela ia começar a colocar de castigo!

— Ah, ela já começou.

— Já? Você já ficou de castigo?

— Opa se já! — e ele começou a rachar o bico.

— Que beleza, hein?! E você ainda dá risada?

— Mãe, é o maior barato. Eu fiquei sem recreio e todos os meus amigos também ficaram. Aí a gente ficou na sala de aula, todo mundo junto, brincando.

Alguém avisa?

— Então eu vou escrever um bilhete para a sua professora pensar em outra forma de castigo, já que esse você adora.

— Não vai, não!

E ele começou a fazer uma espécie de sapateado flamenco na Avenida Pompeia.

— Lucas, para com esse show. Quando chegar em casa, a gente vai conversar.

— Ah, não, pelo amor de Deus, odeio conversar!

— Então, cala a boca.

Fomos em silêncio o resto do caminho. Entrei no prédio e apertei os botões do elevador com violência. Aí ele resolveu quebrar o silêncio:

— Eita, o que é que foi, mãe? Quer um tempinho para esfriar a cabeça? Se precisar de um tempinho para pensar e relaxar, é só me pedir. Tudo bem. Quando estiver bem calminha, me chame. Estarei lá na portaria.

TIMING

Dia desses o Lucas estava assistindo àquela novela do macaco (ele assiste a todas, se deixar) e a protagonista tinha tido um filho prematuro, que foi direto para a incubadora.

— Vó, eu também nasci antes da hora e fui para esse negócio, né?

Não, Lucas. Você nasceu certinho, de 9 meses.

NOTA: É bem verdade que ele nasceu de 8 meses e meio porque foi tirado antes da hora, já que nasceria gigante — com mais de 5 kg — se tivéssemos esperado completar os 9 meses.

Vó, como assim eu não nasci antes? A mamãe sempre fala que, quando eu nasci, ela tinha 19 anos. O melhor seria que ela tivesse uns 25, 26…

SINCERIDADE

Na segunda-feira em que saí de férias, minha chefe me ligou cerca de sete vezes e eu tive que trabalhar de casa. Claro que falei uma dúzia (e meia) de palavrões e devo ter mudado de cor diversas vezes, mas fiz o que tinha que fazer para poder relaxar em Florianópolis daqui a uns dias. No fim da tarde, o telefone tocou e o Luquinhas atendeu, pensando que fosse o pai para desejar boa viagem. Mas era a chefia mais uma vez:

— Mããão, você vai ficar brava de novo, mas é a sua chefe! — gritou o Lu. Ainda na linha, claro.

X9-MEN

— Tô lendo *X-Men: Dias de um Futuro Esquecido*.

— É bem legal!

— O quadrinho é bem diferente do filme, né?

— É mesmo. No quadrinho, o Wolverine nem é o personagem principal, mas colocaram ele assim no filme porque ele vende.

— Ah, vende mesmo! Quando eu fui ao cinema com a minha mãe, apareceu a bunda dele e ela disse: "Nossa, já valeu o ingresso!"

Esse papo rolou entre meu filho e meu namorado. Na minha frente.

Retrato falado

Outro dia o Lucas voltou da escola carregando um desenho lindo, enorme, da Arca de Noé. Pensei em tatuar nas costas todas, mas logo vi que não era dele, porque era realmente bonito. Quer dizer, eu adoro os desenhos do Lucas, mas ele não prima pelas formas, nem pela combinação ideal de cores, nem pela pintura na mesma direção. Enfim, deu para ver que aquele desenho não era dele:

– Gostou do meu desenho, mãe?

– Gostei. Mas não é só seu, né?

– Não, eu fiz junto com a Júlia, mas como ela se escafedeu do planeta, ficou para mim.

– Como se escafedeu?

– Sei lá, mãe. Não faz mais parte desse planeta. Nem vem mais para a escola.

– Quem é ela? Não me lembro.

– Ué, mãe. É a Júlia. Já te falei dela. É uma que eu já gostei, não lembra?

– Lucas, você já gostou de todo mundo. Dela eu não me lembro.

– Ó, vou te descrever a Júlia então: ela tem um laço na cabeça, não tem a cara muito enrugada e não tem peito grande.

Agora, sim.

Dia de princesão

Eu queria entender: por que é que todos os pais e mães acham que seus filhos têm potencial para serem modelos? É alguma bactéria que se pega na maternidade? Não importam as orelhas de abano, as espinhas, o excesso de gordura, o metro e meio, a vesguice, não importa nada. O que faz a gente achar que nosso filho pode ser um modelo internacional deve ser a mesma coisa que nos faz ter a certeza de que TODAS as mulheres do mundo querem dar para o nosso namorado – não interessa o quão feio ele seja.

Não é segredo para ninguém que eu acho o Lucas o menino mais bonito do mundo. O mais inteligente e mais esperto também, mas quando ele me olha com aqueles olhos esverdeados, eu me derreto toda.

Só que, ao contrário da minha mãe, que achou que eu fosse arrasar nas passarelas de Paris, eu nunca imaginei que o Lucas pudesse ser modelo. Nunca. Aliás, nunca imaginei o Lucas médico, jogador de futebol, engenheiro, ator de cinema, cientista ou *chef* de cozinha. Vou deixar que ele ~~vire um vagabundo de 40 anos que ainda mora com a mamãe~~ me surpreenda.

❖

Quem me convenceu de que ele poderia ser modelo foi a segunda mulher a abordá-lo no shopping, dizendo-se ser de uma agência:

– Seu filho é lindíssimo, não quer levá-lo à agência para fazer um teste?

Estávamos no Bourbon, dentro do supermercado, quando isso aconteceu. Já tinha rolado algo parecido no Shopping Center Norte e eu tinha me perguntado quem caráleos procura potenciais modelos no Center Norte?

Mas o Lucas nunca quis nem ouvir falar.

– Odeio tirar foto.

E é verdade. Toda vez que ele tira fotografia sai fazendo caretas e eu fico imaginando como será o seu álbum de casamento.

Nesta segunda abordagem, resolvi explicar a ele que ele não faria nada de graça.

— Lucas, pode te pintar uma grana. Se você quiser, todo o dinheiro que ganhar será seu, para comprar o que quiser.

— Jogo de videogame?

— Sim.

— Um iPad?

— Pode, ué.

— Uma piscina de M&M's?

❖

Mexi com um lado poderoso do menino e ele passou a semana fazendo contas. A mulher da agência me ligou e marcamos o teste de fotogenia. Antes de irmos, fizemos combinados…

— Lucas, é o seguinte: se nós chegarmos lá e eu vir que é uma biboca, nem entramos, certo?

… e fomos.

❖

A agência não era nenhuma biboca. Mas, ao abrir a porta daquela casinha na Vergueiro, eu nunca tinha visto tanta criança feia junta na minha vida. E comecei a desconfiar da minha própria falta de senso: como é que o Lucas deve ser na vida real? Quer dizer, será que ele tem um grave defeito na aparência que o meu amor de mãe não permite identificar? Será que um olho é virado pra direita e o outro pra esquerda, será que os dentes são muito grandes? Será que ele manca, que ele tem uma corcunda?

Porque era esse o naipe daquelas crianças. Todas, sem exceção, tinham sido abordadas em shoppings de São Paulo. Do Iguatemi ao Pirituba Mall. Os meninos, fora o Lucas, estavam com topetes do Neymar; e as meninas, fora eu, estavam de botinha e meia calça. Deve ser um padrão, porque elas estavam vestidas como eu estava no meu *book* feito em 1988, tirando as ombreiras e o bustiê.

E tinha mãe esperando a sua grande chance, porque estava mais arrumada do que a criança.

❖

Quando chamaram o nome do Lucas, também chamaram os nomes de mais três meninas. Subi com ele até uma sala onde tirariam as medidas do busto das meninas e do peitoral do meu filho, que tem apenas 9 anos, ou seja... 10 centímetros de peitoral, chutando alto.

A mais alta das meninas tinha 13 anos e 1,79 cm. Tinha tudo pra ser modelo não fossem o rosto e os ossos largos. Um bruzundunzão que tem um puta de um potencial, mas pra ser jogadora de vôlei. As outras duas eram o oposto: 15 anos e 1,40 cm. Quer dizer, um puta de um potencial pra serem anãs de jardim.

Aí eu comecei a me sentir mal por estar ali.

❖

Quem tirou a foto dele foi uma menina de 17 anos. Isso não é proibido por lei? Quando ela disse que ela mesma tiraria a fotografia, eu achei que ela fosse sacar um celular Motorola com uma câmera de 2.1 megapixels e que colocaria a nossa cara de idiota em seu perfil do Orkut. Mas a máquina fotográfica até que era boazinha. Ela só precisou apertar o botão.

— Lucas, você sabe fazer poses? — ela perguntou.

Antes que ele fizesse uma careta, eu expliquei o que era pra fazer e ela disse:

— Geralmente, homem modelo tira foto com as mãos nos bolsos.

Lucas enfiou as mãos nos bolsos, fez cara de jeca, e eu fui tentar ajudá-lo. Aí a fotógrafa-estagiária disse:

— Nossa, como você é bonita. Faz o teste de modelo também, vamos tirar uma foto.

Isso valeu mais do que foto de celular pra me mostrar que aquele não era um lugar sério. Primeiro, porque a minha forma física de modelo está morta e enterrada desde os meus 15 anos. Depois, porque eu estava com uma calça de dormir e um *all star* furado. E por último, começar uma carreira de modelo aos 28 anos é como querer começar uma carreira de jogador de futebol aos 60.

Quando eu desci, contei pra minha mãe (que foi junto) que eu também tinha tirado foto e ela se escangalhou de rir. Nem mesmo a minha mãe ainda acha que eu posso ser modelo e isso diz tudo.

❖

Depois da fotografia, tínhamos que passar por uma entrevista com uma produtora de moda. Aí ela me explicou que — caso o Lucas fosse aprovado no teste de fotogenia pela menina de 17 anos — eu teria que providenciar um *book* até o dia 22 e fazer, com eles, um composite para apresentar aos clientes. Claro que isso teria um custo (pequeno, de R$ 250) e não garantiria trabalhos para o Lucas.

Saí dali pensando que no dia seguinte TODAS as mães daquelas crianças e daqueles adolescentes receberiam uma ligação dizendo que eles tinham sido aprovados. Provavelmente, até eu teria sido aprovada. Aí desembolsaríamos os R$ 250 (no meu caso, R$ 500), achando que seríamos a próxima Gisele Bündchen, mas nunca seríamos chamados para porcaria nenhuma. Porque eles lidam exatamente com isso: quem é que nunca achou o seu próprio filho o moleque mais bonito do mundo?

❖

Entramos no carro e já ia explicar para o Lucas que não rolaria, quando ele se adiantou:

— Não curti, mãe. Não quero ser modelo. Prefiro não ter dinheiro.

Ou seja, prefere que eu continue comprando seus jogos de videogame. E eu prefiro também.

Fui acampar. Levei a menor

Lucas vai para um acampamento com a escola amanhã e está incrivelmente empolgado. Faz uma semana que ele só fala nisso. Hoje fui tirá-lo do banho e ele disse:

– Mãe, sabe que todo esse tempo eu fingi que tinha uma família?

– Como assim, Lucas? Durante o banho, você diz?

– Não, mãe. A vida toda. Durante a minha vida toda eu fingi que tenho filhos e uma esposa. Imaginários.

– Ah, sim. E daí?

– E daí que amanhã vou viajar e queria ajuda para escrever um bilhete avisando que eles não vão e que eu só levarei a bebezinha!

˙

Uma das vantagens dos filhos de pais separados é não passar pelo vexame de ver sua mãe na porta da escola se descabelando só porque você vai passar uma noite fora, em um acampamento. Isso porque as mães solteiras se acostumam desde cedo com o fato de não ter seus filhos consigo pelo menos uma vez a cada 15 dias. E chega uma hora que fica um tanto quanto ridículo chorar toda vez que seu filho leva o travesseirinho para dormir na casa do pai.

Hoje pensei que o ônibus do Lucas não conseguiria partir porque alguns pais o cercaram e apertaram seus narizes contra as janelas para um "último adeus", pelo menos até amanhã, quando as crianças retornarão.

– Me liga!

– Me escreve, filho!

– Manda um postal!

– Não esquece da mamãe, por favor!

– A mamãe te ama e vai te amar para sempre, nunca esqueça disso!

Claro que na hora que o ônibus parte, do mesmo jeito que na hora que a porta se fecha de 15 em 15 dias, dá um aperto no fundo peito, mas daí a achar que seu filho vai esquecer o seu amor só porque ele foi passar meio fim de semana em um acampamento, já é demais. Fico pensando que é até bom que ele esqueça da mãe em alguns momentos do dia para evitar anos a fio de culpa e terapia.

Enfim, a preocupação existe, mas ela não é maior do que a vontade de deixá-lo curtir esse momento. E eu bem queria que ele me escrevesse um postal, embora não desse tempo de chegar antes de ele voltar, porque meu filho é semialfabetizado (ou seja, semianalfabeto) e escreve coisas como "Espidi Racer".

Imaginaram? Na frente, uma foto de um sítio barrento em Mairiporã. Atrás:

"Oi, manhe. Aqui no çitiu istá tudo bem. Istou si divirtinu muintu. Amu vosse. Lucas"

Das coisas para guardar para o resto da vida.

❖

Na verdade, o que tem me preocupado muito é que o Lucas saiu sem deixar nenhum bilhete para a família imaginária. O pior é que eu não sei onde eles estão para tentar avisá-los. Ficarão desesperados quando derem pela ausência do chefe da família e da bebezinha.

❖

Lucas resolveu dar notícias de sua família imaginária. Estão todos passando quatro semanas em Nova Iorque. Parece que ficarão por lá nas festas de fim de ano.

— Lucas, mas você não ficará triste por não estar com sua família no Natal e no Ano Novo?

— Não, mãe. A bebezinha ficou comigo.

— Por que você não deixou ela ir para Nova Iorque, Lucas?

— Porque ela já tinha ido para o acampamento, ué.

Graças a Deus, eu nasci mãe do Lucas e não filha.

Craque da mamãe

Lá em casa, futebol sempre foi uma coisa de fêmea. Foi por causa da mamãe (embora ela nem ligue muito hoje) que papai começou a ir a estádio para torcer pelo Coringão. Já o meu irmão, um verdadeiro craque nos computadores, não servia nem para goleiro do pior time da Liga Infantil dos Índios Mancos de Cabrobó da Serra. Foi uma vez só comigo em jogo, quando o Timão perdeu para o Santos naquela final do Brasileiro (lembra? Primeiro jogo, um toró horroroso, e no segundo, as pedaladas do Robinho).

O meu avô materno achava que eram 22 idiotas correndo atrás de uma bola. E o meu avô paterno gostava mesmo era de corrida de cavalos. Enfim, sobrou pra mim saber o que é um impedimento e entender por que é que só aquele homem parado debaixo do gol pode segurar a bola com as mãos.

Apesar da minha pouca habilidade com os pés, no ginásio eu era sempre a terceira a ser escolhida para o time no meio de 20 garotas. Depois da Arilma (que tinha nome de craque) e da Fernanda, uma skatista que fazia gols porque todo mundo morria de medo dela e saía correndo toda vez que ela se aproximava. Até joguei na equipe da universidade, mas aí eu tenho certeza que era por falta de opção.

Então, quando o Lucas nasceu, vi nele a possibilidade de uma companhia para os jogos no estádio e partidas de domingo na televisão. E o pequeno nasceu corinthiano apaixonado porque com pouco mais de dois anos de idade ele pedia para ligar o rádio, sentava em um banquinho, e ficava ali em frente ao aparelho pelos 90 minutos seguintes.

Daí para o Luquinhas começar a ganhar bola de futebol de presente de aniversário não demorou muito. As bolas se acumulavam debaixo das estantes e ele nem aí para o brinquedo, porque, apesar de adorar ir aos jogos comigo, vê-los e ouvi-los, o Lucas tinha ojeriza a jogar futebol. Nos dois primeiros minutos de uma peladinha, ele se irritava, segurava a bola com as mãos, levava-a até o gol, lançava-a, comemorava e pronto: "vamos para casa!"

Isso porque o DNA nunca falha e o horror a jogar futebol sempre foi proporcional ao amor e à habilidade no computador e no videogame, totalmente dominados pelo Luquinhas. Igualzinho ao titio. Com menos de 4 anos, meu filho já sabia para que funcionavam os botões "Scroll Lock", "Pause Break", "Insert", "Home", "End", "Page Up" e "Page Down" de um teclado, coisa de que eu não faço a menor ideia.

❖

Quando o Luquinhas chegou para mim, na semana passada, e pediu para ser matriculado no futebol, eu quase enfartei.

— Alguém te ameaçou, filhote?

Mas não. Era de sua livre e espontânea vontade.

A primeira aula foi ontem, logo após o horário normal da escola. Das 17h40 às 19h10. Uma hora e meia inteirinha para aprender que futebol se joga com os pés.

Cheguei na porta da escola dele às 18h30 para pegá-lo, ansiosa por notícias. Mas a porta só foi aberta para os pais dois minutos antes do horário final, para pegarmos as mochilas enquanto as crianças terminavam a aula.

Pude ouvir o fim de uma roda de conversa do professor com os alunos:

— Então, crianças, vamos retomar o que aprendemos hoje! Quantas vezes o Brasil foi campeão da Copa América?

— Duas! — gritou um menino.

— Três! — chutou outro.

— Uma! — respondeu o Lucas.

— Não, oito! — corrigiu o professor — E quantas vezes o Brasil foi campeão da Copa do Mundo?

— Doooze! — falou um.

— Dezesseeete! — disse o colega.

— Não, cinco! — não desanimou o professor — E quantos gols o Pelé fez em toda sua carreira?

— Deeez! — exclamou o Lucas.

— Quatro! — afirmou o amigo.

— O que é carreira? — perguntou um menininho.

— Não! Foram 1290 — respondeu o professor.

— Nooossa!

Um timaço.

❖

— Lucas, gostou da aula de futebol?

— Adorei, mãe.

— Vai querer vir toda segunda?

— Sim! Mas, mãe, eu sou péééssimo no futebol. Péssimo.

— Eu também!

E ele me sorriu um sorriso aliviado, de quem não precisa ser bom em tudo. Só precisa ser feliz.

Craque (contundido) da mamãe

Parece que o futebol começou às 17h40 e às 18h10 ele já estava estrebuchando debaixo do pé de um menininho. Como mãe zelosa que sou, eu estava pelas proximidades da escola, na padaria ao lado da MTV, comendo um pedaço de pizza na mesa em frente à do Sepultura, e espantada com o fato de a banda ainda existir. Então meu telefone tocou:

— Leonor? É a Jô, aqui da escola. É o seguinte: o seu filho é goleiro, né? E aí quando ele foi lançar a bola, foi chutado por um menino e agora está com o dedo preto.

Goleiro? Como assim goleiro? Então eu tinha que ter ganhado um desconto na hora da matrícula!

❖

Cheguei lá e Lucas já estava jogando de novo, com o dedo um pouco inchado e a unha toda preta.

— Vamos ao hospital para tirar um raio-x, Lu.

— Ah, não! Não quero! Não quero! Vai doer! Vão me matar! — e começou a chorar.

Os cientistas podiam pesquisar os motivos para a cagalhonice do gênero masculino. Devem estar todos no cromossomo Y.

❖

No caminho do hospital, quando Lucas parou de chorar, ele me disse:

— Puxa, mãe. Se fosse um corinthiano que tivesse feito isso, eu ia ficar muito chateado.

— Quem foi que fez isso, Lucas?

— O Luca. É palmeirense, mãe. E palmeirense é tudo grosso.

❖

Já na fila do raio-x, decidi perguntar:

— Filho, quantos gols você tomou até se machucar?

— Dois, mãe!

— Putz, ainda bem que te machucaram, porque senão seu time ia perder de goleada...

— Na verdade, mãe, foram três.

— Eita.

— Quer dizer, foram quatro, mãe.

— Nossa.

— Mãe, tá bom, vou falar a verdade. Eu tinha tomado cinco gols...

❖

Então, já na sala da médica:

— Lucas, seu dedo está ótimo, foi só a pancada. É bom você colocar a mão em uma cumbuca cheia de gelo...

— Cumbuca não, peloamordedeus, cumbuca não! Eu não quero cumbuca!

— Lucas, você sabe o que é uma cumbuca?

— Não...

— É um pote!

— Ah...

Aí a médica preferiu me chamar de lado para contar que talvez a unha caia nos próximos dias.

Futebol dos sonhos

Chegou pela agenda escolar do Luquinhas um convite para os pais assistirem ao futebol na última segunda-feira. Até então, eu tinha que ficar esperando acabar a aula debaixo da escada e só conseguia ouvir uma última rodada de perguntas, que meu filho sempre foi muito bom em responder porque a sua ~~pilantragem~~ capacidade intelectual é invejável. Como o Lucas não tem a menor vergonha na cara, e seus coleguinhas são tímidos, ele sempre ouve a resposta baixinha do amiguinho e grita bem alto como se tivesse sido o primeiro a responder.

— Meus parabéns, Lucas — diz o professor.

Enfim, eu nunca pude ver a habilidade do meu filho com a bola desde que ele entrou nas aulas de futebol, embora pudesse imaginar. Porque a minha família tem uma tradição de fazer algo por mil anos e continuar péssima naquilo. Por exemplo: eu jogo sinuca há uns seis anos e continuo um fracasso completo. Meu irmão joga videogame desde antes do Atari e, muito provavelmente, nunca chegou ao final de um jogo. Se minha mãe começar a tricotar um cachecol para mim, ela terá o que fazer a vida toda. Meu pai até hoje não terminou de ler *Meu pé de laranja lima*. E minha cachorra tinha tanta preguiça de morrer que viveu 17 anos.

❖

O bilhete dizia:

"Senhores pais, vocês estão convidados para assistir a 'O Futebol dos Sonhos' com as crianças do pré III e da primeira série. Compareçam na unidade G2, segunda-feira, às 17h50".

Eu cheguei lá pelas 18h10, porque pontualidade também nunca foi o meu forte. O Lucas já fazia um aquecimento, chutando uma minibolinha, e eu achei um tremendo avanço porque bola e pé nunca deram certo para ele.

Meu filho recebeu um colete azul junto com outros cinco amigos, todos da primeira série. E o time foi jogar contra a equipe laranja, formada pelos pequenininhos do pré III. Uma completa covardia.

Logo na saída, meu filho tomou uma entortada de um menininho de 4 anos que o deixou completamente sem reação. O resto foi um total pesadelo, mas ele pareceu estar se divertindo. Eu não parei de incentivar um só minuto na arquibancada:

— É isso aí, filhão! Mostra que você não é tão ruim assim! Cala a boca da mamãe!

Mas só pensei isso, não falei.

❖

Depois de mais duas partidas incríveis do mais puro futebol arte, o professor deu o exercício final. Entregou uma bolinha para cada criança e explicou que elas teriam que chutá-la até um gol, levá-la até o outro gol e balançar a rede novamente. Isso seis vezes.

Lucas esqueceu que eu estava na arquibancada, olhando apenas para ele, e achou que ninguém o observava. Aproveitou a muvuca de crianças jogando todas ao mesmo tempo, segurou a bola com as mãos, foi até o gol e arremessou. Olhou em volta, viu que o professor não tinha visto, e gritou:

— Golaaaço!

Segurou a bola de novo, correu até o outro gol, e fez mais um golaço. Com as mãos.

E ainda por cima só fez isso cinco vezes.

❖

Na volta para casa:

— Lucas, existe um esporte próprio para fazer gols com as mãos. Chama-se handball, sabia?

— Ah é, mãe? Legal.

— E do jeito que você é bom nisso, poderia ser o artilheiro da seleção brasileira de handball.

Foi aí que ele percebeu que eu tinha visto tudo. Me olhou fixo nos olhos e chorou. De tanto rir.

SUA BURRA!

Luquinhas veio me dizer que queria ter o seu próprio *webshow*.

— Ah, que legal, Lu! Daqueles seriados de TV?

— Mãe, o que quer dizer "web" pra você?

❖

DESCULPA DE ALEIJADO É MULETA

Outro dia Luquinhas aprontou pela manhã e, quando fui buscá-lo na escola, minha mãe começou a contar todos os seus podres:

— Porque hoje ele fez isso e aquilo e aquilo outro…

E eu, como mãe responsável e zelosa, comecei a dar-lhe uma bela bronca:

— Poxa, Lucas, não acredito que fez isso. Não quero que isso se repita jamais e…

Então ele me interrompeu e disse:

— Gente, para. Vamos nos concentrar no futuro!

— Quê?

— É, mãe. Isso que eu fiz é passado e o que passou, passou…

DESCULPE PELA VERGONHA QUE EU PASSEI

Estou na sala de casa, ouvindo música, de boas, enquanto o Lucas joga um videogame. Eu começo a cantar altíssimo, aquela coisa de fechar os olhinhos e colocar a mãozinha pra cima. Umas três músicas depois, o Lucas me diz:

— Mãe, tô jogando *online*, as pessoas estão ouvindo tudo.

❖

VOCABULÁRIO

Eu e Lucas dentro do elevador, de frente para o espelho.

— Tô gorda, né, Lu?!

— Tá nada, mãe. Quer dizer, olhando deste ângulo, você me parece bem menos atraente.

❖

— Mãe, hoje as meninas do meu time detonaram no futebol. Venceram a equipe azul por 6 a 0. A Isabele até perdeu o ar.

— Ela tem bronquite, Lucas?

— Não, não. Foi de cunho emocional.

O tempo passa

Certo, Leonor, não entre em pânico. E daí que o tempo está correndo e na boca do seu filho já tem o primeiro dente definitivo? De-fi-ni-ti-vo! Parece que foi ontem que eu estava naquela cadeira de dentista, no auge dos meus 7 anos, espirrando sangue em todo o avental do Doutor Luizinho. Tudo porque eu tive de arrancar um maldito dente no boticão, já que ele não queria saltar da minha boca como todos os outros tinham feito.

Quando não era o Luizinho, quem arrancava meus dentes com amor e carinho era a tia Cecília, lá da escola. "Toma, fia, joga no telhado para o passarinho buscar", ela dizia. "Fica para você, tia Cecília. Estão faltando alguns na boca da senhora", eu responderia se me apegasse aos detalhes, como hoje. Lembro que a pobrezinha só tinha o lateral esquerdo e o direito.

Naquela época, não existia a fada do dente para deixar dinheiro debaixo do travesseiro. Era só um passarinho legal que colocava um brinquedinho no criado-mudo branco e vermelho, ao lado da cama.

Estou ficando, definitivamente, velha. Logo eu, que tive o último dente do siso parido pela gengiva na semana passada. Contradição assustadora, mas não tem nada, não. Assustador mesmo será quando meus dentes começarem a cair novamente, dessa vez sem a ajuda da tia Cecília.

A primeira vez a gente nunca esquece

Na primeira vez que voei de avião e vi o céu bem de pertinho, eu já tinha um filho. E meu filho já andava, falava e já tinha tomado sete pontos no supercílio. O Brasil já era pentacampeão mundial de futebol, o Corinthians, tri do brasileirão e primeiro campeão do mundo reconhecido pela Fifa (não discutam). O Neto já tinha parado de jogar há bastante tempo e até já tinha emagrecido. O homem havia chegado à Lua há mais de trinta anos (ou não), um aparelho de DVD já custava menos de R$ 200 e o videocassete estava devidamente aposentado (não para mim, que ainda tenho uma coleção de fitas antigas de vídeo).

Quando viajei pela primeira vez de avião, já vivíamos em pleno século XXI e tínhamos sobrevivido ao *bug* do milênio. Não existia mais Transbrasil e, pouco tempo depois, a Varig seria comprada pela Gol. Já se comemorava o centenário da Dercy, eu tinha quase 22 anos e trabalhava com jornalismo. Ou seja, parece que foi ontem que eu viajei pela primeira vez de avião. E foi quase ontem mesmo.

❖

Por isso que proporcionar a primeira viagem de avião para o Luquinhas aos 7 anos me encheu de orgulho. Eu sei que para uma criança voar nos anos 80 era preciso raspar toda a conta poupança e ainda vender a mobília da casa. Hoje, não precisei desembolsar nem R$ 80, incluindo a taxa de embarque. Mas me encheu de orgulho assim mesmo, dá licença?

❖

Começou assim: meu irmão, que mora no Rio de Janeiro, veio passar as festas de fim de ano aqui em casa. Ele voltaria para o Rio no dia 5, e depois, lá pelo dia 8, meus pais levariam o Luquinhas para passar 10 dias. E viajariam de ônibus, como fazem todas as férias.

— Puta que pariu! A passagem de ônibus está custando R$ 88 para o Rio de Janeiro — falou Dona Rose, em uma manhã de sol.

Aí lá pelo dia 2, o Lucas acordou com uma caraminhola na cabeça:

— Mãe, me deixa ir com o titio antes para o Rio?

— Lucas, seu tio já comprou passagem de avião e nessa altura do campeonato já não tem mais passagem promocional para o dia 5.

— Não custa dar uma olhadinha, né?

E não custava. Aí meu irmão entrou na internet e viu que no mesmo voo ainda tinha uma porção de lugares vagos. E que a passagem para criança custava R$ 56. Com a taxa de embarque, R$ 76, ou algo do tipo. Ainda mais barato que o ônibus. E a poltrona ao lado do meu irmão estava vaga. Bom, uma coisa leva à outra, e pimba!

— Lucas, você vai viajar de avião.

E foi assim que toda a vizinhança acordou cedinho naquela manhã ensolarada das férias.

❖

A partir desse dia, o Lucas não falou de outra coisa. Perguntava para todo mundo se já tinha andado de avião, porque ele ia andar pela primeira vez. No mercado, na piscina, no açougue, no shopping, na família. Ninguém escapou das indagações do Lucas. Ele teve até um papo com o pai dele, de homem para homem:

— Pai, me fale sobre aviões.

— Mas o que você quer saber?

— Não sei, vai me falando as coisas. Tipo comida, sobremesa. Você é mais experiente.

E as perguntas não paravam nunca:

— Será que vai ter muitos amiguinhos para eu brincar?

— Com que roupa eu devo ir?

— Quantos dias vou ficar dentro do avião?

E nem tive coragem de dizer que seriam só 30 minutos.

❖

No dia anterior à viagem, Luquinhas queria dormir às sete da noite para o tempo passar mais rápido, embora ele só fosse viajar às sete da noite do dia seguinte.

Separou todo o seu "kit de sobrevivência em aviões": máquina fotográfica, um papel e uma caneta para "escrever tudo o que acontecer dentro do avião", DVD do Kung Fu Panda e uma lupa. Colocou tudo na mochila e já sabia o que era bagagem de mão.

Antes de dormir, me chamou no quarto e disse:

— Mãe, me fale mais sobre aviões.

Putaquepariu.

— Do que mais você precisa saber?

— Assim, eu sei que para viagens mais longas, tipo Estados Unidos, Nova Iorque, Santos, os aviões têm primeira classe...

— Lucas, dá para ir a pé para Santos.

— Tá, tá. Continuando, eu queria saber se na primeira classe existe espaço para fazer algumas coisas...

— Que tipo de coisas?

— Tipo tocar piano.

Alguém sabe o telefone de um bom psiquiatra infantil?

❖

Aí chegou o grande dia: segunda-feira, 5 de janeiro de 2009, primeira viagem de avião do Luquinhas. Eu fui trabalhar e prometi que voltaria lá pelas 16h para levá-lo ao aeroporto. Passei o dia com o coração apertado e acho que descobri que não tenho medo de voar, mas tenho medo de que meu filho voe.

— É só por meia horinha, Lelê — falou o meu estagiário.

— Meia horinha, mas é alto do mesmo jeito.

Quando cheguei em casa, ele tinha passado até perfume. Estava com o topetinho armado, com a calça do Batman e uma jaquetinha jeans. Então eu derreti e escondi todo o meu medo. Ele merecia aquilo.

❖

Aqui cabe um parêntese muito importante: se for possível, proporcione isso para sua criança quando ela ainda é pequenina, porque ninguém dentro do avião achará estranho reações do tipo apertar todos os botões, espremer a cara na janelinha o tempo todo, fotografar de cinco em cinco minutos as nuvens do céu, chamar a aeromoça 100 vezes para pedir água, querer conhecer o banheiro e ficar preso no cinto de segurança na hora em que todo mundo está desembarcando. Foi bem constrangedor tudo isso para mim aos 22 anos.

❖

A primeira coisa que você faz quando chega ao aeroporto é mandar o seu filho parar de gritar. Depois, vai enfrentar a fila do *check-in*. Enquanto eu e meu irmão retirávamos as passagens, o Lucas começou a conversar com um outro cara que estava despachando as bagagens:

— E aí? Você já andou de avião? — meu filho perguntou, embora esse não seja o tipo de pergunta que se faz para um cara que está despachando as bagagens.

— Já, sim – respondeu o homem.

— Ah, tá. Eu vou viajar de avião hoje – Luquinhas resolveu situar o cara, embora esse não seja o tipo de informação que você dê para uma pessoa na fila do *check-in*.

— Para onde você vai?

— Vou para o Rio de Janeiro. Sobrevoar Copacabana, ver a praia, a mulherada de biquíni...

— Hahaha! Eu sou do Rio de Janeiro, mas vou mais longe que você. Vou para Olinda.

— Ô, tio! Por que só eu não vou para esses lugares legais?

∴

Na hora de ir para a sala de embarque, tive que me despedir. O Lucas fez daquelas cenas de voltar correndo para me abraçar quando estava chegando no portão de embarque e eu respirei fundo para não chorar, porque eu não sou mãe bundona, mas é difícil saber que ele ficará longe por mais de 10 dias.

Paguei o estacionamento do aeroporto, entrei no carro e liguei o rádio:

— Um avião perdeu a asa e...

E não sei o que aconteceu porque eu desliguei o rádio. E também bati o carro na pilastra do estacionamento, mas aí é outra história.

∴

O Luquinhas chegou bem e amou a viagem. Fez amizade com as aeromoças, comeu nhoque oferecido pela Gol (argh!) e conheceu a cabine do piloto, coisa que eu ainda não fiz. Mas na minha próxima viagem, pedirei que a aeromoça me leve lá, nem que eu tenha que mentir a idade.

Viagem à roça

Em números:
— 12 unhas postiças no lixo

— 32 picadas de pernilongo nas pernas

— 1/2 copo de whisky

— 27 novos tios

— 140 novos primos

Em letras:

Como ninguém sabe, eu fui visitar meus parentes no interior e ser testemunha ocular do acontecimento do século na família Martin: o casamento do meu primo Gustavo. Trinta e tantos anos, solteiro convicto, machista inveterado, pegador incondicional, era quase impossível acreditar que aquele momento realmente aconteceria.

Muito mais no estilo "se ele conseguiu, eu também consigo" do que no "só acredito vendo", lá fui eu com meu filho e minha mãe sacolejar durante algumas mil horas de viagem dentro de um busão.

Saímos do Tietê por volta das 22h40 de quinta e chegamos a Olímpia às 5h30 da manhã de sexta.

A SEXTA-FEIRA

Chegamos à casa do meu tio, dei bom dia para a família que não via há cinco anos e fui dormir. Acordei duas horas depois e meu tio resolveu passear abraçado comigo pela cidade, apresentando, cheio de orgulho, a "sobrinha de São Paulo". Eu. Mostrou para o moço da banca, o Zé do bar, que jogava dominó com seus amigos aposentados, a Maria da padaria. "Uma belezura, né? Prrra casarrr".

Antes que eu voltasse casada com Tonico, o pipoqueiro, fui almoçar e andar pela cidade atrás de unhas postiças. Depois, passei na manicure/pedicure/açougueira e descobri que tirar cutículas é pior que dor de parto. Sai sangue, inflama e cria pus, principalmente se você resolver colocar unhas postiças — procedimento demorado, de mais ou menos três horas — no dia do aniversário de 15 anos da manicure. Aliás, o trabalha infantil é muito comum no interior, é preciso investigar isso.

Voltei para casa com as crianças (Luquinhas e a filha da minha prima) quando já era de noite. Bastou eu entrar portão adentro para a unha do dedão, linda, grande e vermelha, olhar para mim, dizer "Gerallldo!", e depois se atirar dali. Gradativamente, todas as unhas saltaram de minhas mãos e eu voltei aos cotocos originais de três horas antes e R$10 a mais no bolso.

Não me abalei: vesti minha blusa de oncinha e fui visitar meu primo que casaria, para levar a saladeira, presente padrão da nossa família.

— Prima, você está linda.

— Primo, você parece que casou há 15 anos.

O SÁBADO

Acordei (nem dormi) com 32 picadas nas pernas e umas 12 mil nos braços, não sei precisar. Meu filho mal enxergava, graças a uma picada que tomou na pálpebra. Estávamos bonitos para o dia do casamento.

Nos aprontamos para a cerimônia e lá fomos nós, rumo à igreja, nos espremendo dentro de um corcel velho. Lucas estava de calça social, gravata, suspensório, camisa, sapato de festa e um objeto cortante no bolso.

Na porta da igreja, fui apresentada a centenas de novos primos.

— Lelê, esse aqui é seu primo, sua prima, seu primo, seu primo, sua prima, seu primo, seu primo, sua prima, seu primo, seu primo, sua prima, seu primo, seu primo, sua prima, seu primo, seu primo, sua prima, sua prima, seu primo, seu primo.

— Oi, primos — e entrei na igreja.

Fiquei com a incumbência de sentar do lado das crianças para cuidar delas ou elas de mim. Entraram os padrinhos, entraram os noivos, e o padre começou a falar. Quando olhei para o lado, vi uma mulher com a cabeça praticamente enterrada em um dos arranjos de flor. Como ela escutava atentamente as palavras do padre, nem percebeu que um louva-deus tamanho GG, parente próximo do dinossauro, passeava em suas madeixas. Dali por diante, não consegui prestar mais atenção. Nas crianças, porque nem tentei ouvir o que o padre falava. Só conseguia rezar por um escândalo.

Minhas preces foram interrompidas pelo Lucas, que descobriu a sua braguilha:

— Olha, mamãe. Eu não tinha visto que minha calça tem esse bolso. Vou guaidai minha tesouia nele.

— Nãããoo, Lucas!

— Pu quê?

— Porque você vai ficar sem pinto, moleque.

— Ahhh!

Então ele descobriu que dali dava para ver o que a priminha dele chama de picholé e ele não parou de mexer mais na braguilha.

Pouco antes do fim da cerimônia, o louva-deus resolveu passear pelo nosso banco e descobriu as costas de mamãe. Quando estava para colocar a décima quinta patinha na maravilhosa blusa vermelha de quem me deu a vida, resolvi avisar:

— Mãe, não se mexa. Tem um bicho laranja subindo em você.

Ela apertou os olhinhos e achou melhor não olhar. Só gritar. Minha tia quis ajudar, mirou e acertou um belo peteleco no bicho. Twist Duplo Carpado e um pouso perfeito na batata da perna de uma mulher que estava ao lado. Enquanto agradecia os aplausos e a garota gritava, a Daiane dos Santos versão inseto — muito maior e mais atraente — era retirada pelo corpo de bombeiros.

Quando o casamento acabou, fomos para a festa chiqueterésima que ocorreria em um clube. Segundo meu tio, o maior do Brasil. Quiçá do mundo. Do planeta.

— Maior que a Disney?

— Muito maior.

Estacionamos o carro, me preparei para andar dois dias dali até o salão de festa, distância que, segundo meu tio, equivaleria a ir de Santa Catarina à Papua Nova Guiné, mas era logo ali na frente. Sentamos em uma mesa, Lucas e Júlia saíram para brincar, e então pude ter um panorama geral da festa.

Arranjos e mais arranjos de flores.

— O amor é lindo.

Lá estava a mesa de queijos, muitos queijos.

— O amor é ótimo.

E passa o garçom com as batidas.

— O amor é tudo.

E lá vai o garçom com as garrafas de whisky.

— Eu amo whisky!

Depois de constatar que a festa de casamento seria maravilhosa e que eu daria vexame, meu filho chegou na mesa cambaleando.

— Lucas, você não está bem.

E não estava. Coloquei ele dentro do carro de um dos primos e fui embora para casa, depois de meia hora de festa, meio queijo e meio copo de whisky. E dormi com o Lucas, às 11 da noite.

O DOMINGO

Ser mãe é padecer no paraíso. Isso se você não estiver em Olímpia. Como todos os médicos se embriagaram na festa de casamento no dia anterior e exalavam whisky, percorri uma verdadeira via-crúcis para conseguir uma farmácia pro Luquinhas:

– Seu farmacêutico, o senhor poderia pegar o lampião a gás para constatarmos que essas duas bolas do Playcenter na região da garganta do meu filho são realmente uma enorme inflamação?

Sim, claro. Era a primeira e única vez que ele seria tratado como médico na vida. Ele pegou a lanterna, enxergamos um corsa amarelo, ou muito pus, na garganta da criança, e receitei Amoxilina, Digesan, Tylenol e chocolate para a cura.

De tarde, a segunda via-crúcis: achar uma televisão que passasse o jogo do Timão, já que antena parabólica de interior só pega Rio de Janeiro e lá não tem futebol. Pensei em dividir a cadeira com o moço-comedor-de-palha do bar da esquina, mas meu tio conseguiu sintonizar a TV na torre local, sem satélite, com os chuviscos, fantasmas e todo o lado-de-lá ao qual tínhamos direito. Mas deu pra ver o Corinthians, então me senti um pouco em casa.

Às 11h20 da noite, entramos no ônibus e viemos de volta pra casa. Luquinhas dormiu tão bem que cheguei a vir de pé porque ele ocupou 100% dos bancos. Deve ter sido a estafa mental por ter trombado no corredor do coletivo com uma anãzinha, exatamente do tamanho dele, que viajava quase ao nosso lado. Quando isso aconteceu, ele parou e pensou, por alguns minutos, no que dizer para ela. Eu fechei os olhos e pedi para que não acontecesse o pior. Ele, chocado, conseguiu pronunciar:

– Ops – seguido de uma risadinha. Praticamente um diplomata.

Esqueci de dizer que, quando cheguei a São Paulo, eu mal parava em pé de tanta gripe. Pra provar que eu e Luquinhas não podemos com ar puro, estrelas, jegue, carroça, pão vendido na porta e sossego. Enfim, casa.

A gente se entende

* Enquanto isso, ao telefone:

— Auô (Alô)

— Oi, Lucas. É a mamãe. Tudo bem?

— Tá (está tudo bem).

— Você está se comportando?

— Tá (Não, não estou me comportando).

— Vo...

— Ku de a dadá? (Quero ver a dadá – madrinha dele).

— A dadá está trabalhando.

— Ku tauá ku a dadá (Quero falar com a dadá).

— Já disse que a dadá está trabalhando.

— Ku tauá ku a dadá (Quero falar com a dadá).

— A dadá não trabalha com a mamãe. A dadá trabalha em outro lugar.

— Ku tauá ku a dadá (Quero falar com a dadá).

— Filho, deixe a mamãe explicar uma coisa. As pessoas não trabalham no mesmo lugar sempre. A mamãe trabalha em um lugar, o vovô em outro, a dadá em outro diferente. O papai não mora em uma casa e a mamãe em outra? Então, com o trabalho é a mesma coisa. A dadá trabalha lá e a mamãe aqui. Entendeu?

— Tendi... (entendi). Ku tauá ku a dadá (Quero falar com a dadá).

— Ah, Lucas, esquece. A dadá tá no banheiro.

GENÉTICA

Lucas chegou do futsal provando que habilidade é algo totalmente genético:

— Meu time perdeu feio hoje, mãe. Foi 12 a 7 para o adversário.

— Nossa, filho. Quem estava no gol? Um cone?

— Nada, era o professor no gol. A falha foi da defesa.

— E quem estava na defesa?

— Eu.

❖

DAS DENÚNCIAS

Dia desses levei o Luquinhas ao cinema para ver o bonitinho *A loja mágica de brinquedos*. Antes do filme, foi exibido um comercial contra a pirataria que terminava dizendo, aos gritos:

— DVD pirata é crime!

Então todo mundo ficou em silêncio, menos o Lucas:

— Mãããães? — falou o menino, aos gritos.

— O que foi, filhinho?

— Eu tenho DVD pirata!

COINCIDÊNCIAS

Essa aconteceu há alguns meses:

— Mãe, em que dia eu nasci?

— No dia 12 de novembro, Lucas!

— 12 de novembro? Não acredito, mãe!

— Por que, Lucas?

— Porque é o dia em que tudo acontece! Eu nasci em 12 de novembro, fiz meu aniversário de um ano em 12 de novembro, de 2 anos em 12 de novembro, de 3 anos em 12 de novembro, de 4 anos em 12 de novembro, de 5 anos em 12 de novembro e de 6 anos em 12 de novembro. E acho que o de 7 anos também vai ser em 12 de novembro!

❖

VOCABULÁRIO, DE NOVO

— Vó, sabe o que significa apto?

— Apto? Uma pessoa capaz.

— Não, vó. É apartamento.

Auiê?

Eu, ao telefone, falando com o Lucas, que está no Rio de Janeiro:

— Filho, eu e o Tobby (cachorro) estamos com muita saudade de você.

— Ahhh, mamãe... Põe o Tobby para latir no telefone.

— Mas, meu amor, a mamãe está no trabalho. Ele não está aqui...

— Ah, vai, mãe. Põe ele pra latir no telefone.

— Lucas...

— Vai, mãe!

Lelê, latindo na sala cheia de gente durante o expediente

— Uau, mãe! Era o Tobby?

— Era...

— Eba! Então põe ele para falar comigo no telefone.

— Lucas, cachorro não fala.

— Vai, mãe. Põe ele pra falar comigo no telefone.

— Luquinhas, meu amor... ele não fala.

— Vai, mãe!

— Lucas, se você não parar com essas pentelhices, eu vou desligar o telefone!

— Poxa, mãe... Vai!

— Era eu latindo antes. O Tobby não está aqui.

— Nossa... Você mentiu para mim?

— Er... Menti...

— Era você latindo?

— Er... Era.

— Faz de novo?

Pero que las hay, las hay

Nas férias em Vinhedo, antes de dormir, o Lucas chamou pela madrinha dele. Enquanto conversavam, sentados na cama, sob a meia-luz do abajur, Lucas mostrou-se irritado. Virou-se para a outra cama e disse:

— Cala a boca. Fala mais baixo. Ta atapaiando.

Mas a outra cama estava vazia. No quarto, só a minha prima e o Lucas. Então, ele continuou a conversar normalmente com a minha prima. Até que ficou puto da vida novamente.

— Peia aí, Dadá (Espera aí, Dadá).

Se levantou e foi até a outra cama, aparentemente vazia.

— Xiiiu, fica quieto que você tá atapaiando.

Voltou, se cobriu, e disse para a minha prima:

— Não é nada não, Dadá. Era só um menininho.

E ele não entendeu nada quando minha prima saiu correndo e ele só a viu no dia seguinte.

Beijos e filho

Lembro que o meu primeiro beijo foi no ginásio. Claro que eu mentia para todas as minhas amigas e dizia que tinha sido bem antes.

— Muuuito antes! Tipo assim, amiga… Eu tinha uns 6 anos de idade, saca?!

Nem sei se era mentira, podia até ser que nas brincadeirinhas de médico da infância eu tivesse dado um beijinho ou outro, mas aquele do ginásio é que é considerado o primeiro beijo. Sob pressão, tenso, no limite da idade permitida para ser a sigla que nenhuma menina queria ser no ginásio: BV. Boca virgem!

O caso é que, naquele sábado, o Daniel, um gordinho da sala muito simpático, que oferecia festinhas no quintal de casa, ia fazer um megabailinho para comemorar seu aniversário. E a gente sabia o que significava o bailinho do Daniel: era agarrar a oportunidade de deixar de ser BV com unhas e dentes, ou terminar a festa (lá pelas 10 da noite) segurando um cabo de vassoura.

Eu me aprontei toda e subi no Fiat 147 do papai, que me deixou na festinha. Recusei o cachorro-quente e a porção de salgadinho cheetos para não ficar com os dentes cheios de craca amarela e me entupi de refrigerante. Estava todo mundo lá! Dançamos músicas da Legião Urbana, falamos besteira e, lá pelas tantas, o estroboscópio começou a girar ao som de *Wishing on a Star*, aquela canção que ficou famosa por ser o tema da Daniela Perez na novela.

Foi quando avistei o Renan. Ele não era da minha sala. Usava o cabelo penteado para o lado e roupas da Fido Dido, além de todas as garotas acharem ele um arraso porque o Renan já era tão crescido que tinha até espinhas na cara. Ele era per-fei-to para o primeiro beijo.

Então eu tomei coragem e o chamei para dançar. E daí para me ver naquela parede da casa do Daniel, cheia de heras, com o Renan fazendo biquinho na minha frente, foi um pulo, nem lembro o que aconteceu. Só sei que a teoria do beijo eu já tinha aprendido há séculos na televisão, portanto, seria fácil.

"Abrir a boca, colocar a língua para fora e girar a cabeça em círculos, que nem o estroboscópio", pensei.

O curioso foi que na hora em que eu estava ali, beijando o Renan, eu pensei na Bruna, na Talita, na Tatiana, na fulana e na beltrana. Eu precisava contar aquilo para todas porque, a bem da verdade, aquele beijo tinha sido para elas.

O Renan recuperou o fôlego, eu também, e entramos de novo na festa, sem dizer uma palavra. Nem um "foi bom pra você?" ou "te vejo na escola". Aliás, foi assim pelo resto do ginásio. Porque a minha história com o Renan já tinha sido escrita, com começo, meio e fim, embora tenha durado um minuto.

❖

Recentemente, eu estava no ônibus quando o Renan sentou bem ao meu lado. Ainda tinha espinhas e o cabelo penteado todo para a esquerda. Eu aproveitei que ele falava no celular para puxar um livro da bolsa. Não que ele fosse me reconhecer, mas, por via das dúvidas, não custava afundar a minha cara naquelas páginas. Até porque ninguém usa mais cabelo de lado desde 1990epoucos.

❖

Na época do beijo, nem pensei em contar para minha mãe. Acho que foi um misto de timidez com o fato de me sentir uma fora da lei, o que tornava tudo mais gostoso. Mas sei que a poupei de envelhecer uns 12 anos (pelo menos de cuca).

Luquinhas chegou para mim no ano passado e disse:

— Eu já beijei de língua!

Na hora eu tomava alguma coisa e escorreu tudo pelo nariz.

— Co-como assim, Lu?

— Eu voltava do recreio e cheguei antes na sala de aula. A Kathilyn (será que é assim que escreve?) também. Estávamos sozinhos. Eu olhei para ela, ela olhou para mim, e demos um beijo.

Nem sei se quando estiver no ginásio o Luquinhas vai considerar esse o seu primeiro beijo, mas acho que não. Só sei que ele precisa aprender que alguns segredos não são divididos com a mãe. Principalmente se um dia ela vai lançar um livro.

Sete

Filho, hoje você faz 7 anos. E, apesar da memória da mamãe não ser lá essas coisas, me lembro de cada detalhe daquela segunda-feira chuvosa, quando você nasceu. Me lembro de ter levado a mala de internação para a sala e ligado a televisão pela manhã antes de ir ao hospital. E ouvir a Ana Maria Braga dizendo que aquele era um dia muito especial para ela porque era como nascer de novo. Naquele dia, ela apresentava o programa ao vivo pela primeira vez depois de muito tempo, porque tinha ficado afastada tratando um câncer. Acho que essa é a única coisa que tenho em comum com a Ana Maria Braga: nascemos de novo no dia 12 de novembro de 2001.

Só estou te contando essa história da apresentadora daquele programa de que eu nem gosto para mostrar o quanto me lembro de tudo. Entrei no carro com a maior barriga do mundo e cheguei à Maternidade Santa Joana antes das dez da manhã, embora o parto estivesse marcado para as duas da tarde. Do meu lado, sempre, a vovó e o vovô. Seu pai estava lá também.

Me deram para vestir aquelas roupas de hospital que deixam a bunda de fora, pantufas descartáveis e aquela touquinha ridícula. Eu não estava lá muito bonita para esperar sua chegada, é bem verdade. E me encaminharam para a sala de pré-parto, longe de todo mundo, onde só as grávidas e seus filhos prontos para nascer podiam ficar. Tinha uma televisão por lá que só exibia o Canal Rural. Fiquei horas assistindo a peões em seus cavalos, parto de bezerros, corte de gado, adubo de pastagem.

Na sala, era um entra e sai de mães aflitas. A cada dez minutos, aparecia um médico na porta e perguntava, "Preparada?", para uma de nós. Confesso que não me lembro das respostas, mas acho que nunca ninguém estará preparada para o que é ser mãe, por mais que a gente pense que esteja. Acho que quando o Dr. Daurízio apareceu, atrasado, lá pelas três da tarde, eu disse que estava, mas minha resposta hoje seria outra.

Quando me deitei naquela mesa gelada da sala de parto, me lembro de ter sido apresentada ao auxiliar do obstetra, o Dr. Rogério, e de respirar fundo quando o anestesista me mostrou o tamanho da agulha que entraria nas minhas costas em muito pouco tempo. Só por você eu tomaria uma injeção daquele tamanho, filho. Por ninguém mais.

O Dr. Rogério era corinthiano e o Dr. Daurízio, com quem fiz meu pré-natal, era anti. Acho que se ele soubesse que você se tornaria esse corinthiano tão apaixonado teria te colocado de volta na minha barriga. Mas tinha como não ser? Além do sangue, falamos sobre futebol o parto todinho. Tomei uma bronca do médico porque engoli ar e provavelmente teria cólicas terríveis, mas faz parte da natureza da nossa família a teimosia. No fim das contas, nem tive uma colicazinha sequer.

Depois de muito penar, o Dr. Daurízio conseguiu te trazer para o lado de cá. Sofremos um pouco porque eu era pequena, com meus 19 anos recém-completados, e você já era um gigante. Nasceu com quatro quilos e cem gramas. E se recusou a chorar quando nasceu. Você tossiu, filho. Deu uma tossidinha meio blasé e fez os médicos e os enfermeiros rirem. E fez a mamãe chorar. No seu primeiro minuto de vida, quem estava ali já sabia: você tinha vindo para fazer todo mundo muito mais feliz.

Foi assim que você nasceu, Lucas. E daqui para a frente, é bem provável que você se recorde de tudo quando tiver seus 26 anos, igual a mamãe. Vai se lembrar da sua formatura de alfabetização, exatamente como eu me lembro de cantar aquelas músicas no Colégio São Domingos. E não vai esquecer do aniversário em que ganhou todos os bonequinhos do Star Wars, nem do dia em que a mamãe te levou para andar de cavalo, aquele pangaré cheio de carrapatos do Parque da Água Branca. Vai se lembrar dos amigos e de quem estiver por perto. Das músicas que ouvia quando criança, das roupas que usava. Em 2027, falará com nostalgia do ano 2008, dos desenhos a que assistia, dos livros que lia, das paixões da infância.

E aquilo que não lembrar, mamãe estará sempre aqui para contar. Como aquele dia em que você dançou com uma odalisca, ou quando rachou a cabeça na mesinha da sala.

Sua primeira palavra, seu primeiro dente perdido, seu primeiro amigo.

Todos os planos para novas artes, as manhas, as malcriações. Os carinhos, os afagos, os colos quando a mamãe está chorando.

Os papos, os parques, as viagens. Os cinemas, os filmes na televisão, os doces antes do almoço. Quando você aprendeu a escrever seu nome.

Sua família imaginária, suas namoradas imaginárias. A semana toda de internação no hospital e o susto que você deu na gente.

Quando você foi ao circo pela primeira vez (e odiou).

Quando começou na natação.

Os desenhos bonitos que fazia.

As coisas inteligentes que sempre disse.

As brincadeiras.

Os sonhos.

As dúvidas.

O futebol.

As zoeiras.

A escola.

Enfim, tudo o que quiser saber. Porque a mamãe, Luquinhas, estará sempre aqui. Do primeiro ao último dia. Para sempre.

Feliz aniversário!

Irmão...

No começo de novembro de 2001, quando eu estava grávida, gigante, esperando o Lucas nascer, tive que marcar uma cesárea. Antes que me apedrejem, eu tinha 19 anos recém-completados, o Lucas já pesava mais de 4 quilos e corria o risco de ficar diabético, por isso tive que antecipar o parto em quase 15 dias.

Quando contei que precisava marcar a cesárea para o meio de novembro, meu irmão foi o primeiro a falar:

— Marca para o dia 14! É o dia do meu aniversário de 21 anos e quero ele de presente!

Ele sabia que, se Lucas nascesse dia 14, dali pra frente teria que dividir o aniversário com o caçulinha da família, com o primeiro neto dos meus pais, com meu único filho, com o xodozinho, com a estrela dos Martin de Macedo.

Mas dividir nunca foi um problema para ele, até o próprio aniversário. Rodrigo é o cara mais generoso que eu conheço, que dividiu comigo seus brinquedos, seu quarto, seus pais, seus amigos, suas histórias, trabalhos, projetos e sonhos.

No fim das contas, o auxiliar do obstetra não podia fazer o meu parto no dia 14 porque era véspera de feriadão e ele queria tomar umas caipirinhas na praia. O presente veio do mesmo jeito, no dia 12, e o Rodrigo comemorou seus 21 anos na maternidade (e, depois, comemorou em festinhas do Teletubbies, Bob Esponja, Mário Brós etc. etc. etc. etc.).

Cada um ficou com a sua própria data, fazendo do mês de novembro o mais importante pra mim.

Diálogos

Um diálogo de quase todo dia lá em casa (e na casa de todas as famílias brasileiras):

— Mãe, por que você tá brava?

— Ué, eu não tô brava.

— Eu te conheço, você tá brava.

— Não, filho, tô normal.

— Tá esquisita. Aconteceu alguma coisa?

— Além desse diálogo? Não, filho.

— Aí, estou dizendo. Tá brava.

— Não tô, filho. Mas você sabia que ao dizer pra uma pessoa duas mil vezes que ela está brava, ela fica brava?

— Sabia! Sabia desde o começo: você tá brava!

— Eu. Não. Tô. Brava.

— Então por que você está gritando?

— Porque agora eu tô brava!

— Ih, relaxa... Você anda muito brava, credo.

Alguém dê um irmão para esse menino

Falávamos eu e Lucas sobre como ele era bom em matemática:

— Sou o melhor da tabuada na classe.

— Sua avó que te ensinou tabuada, filho. Lembra?

— Claro que lembro. Era um saco estudar tabuada. Ela fazia aquelas fichas e eu decorava todos os dias.

— É assim que se aprende. Você é um privilegiado, filho, porque teve seus avós que te ajudaram sempre nos estudos enquanto a mamãe trabalhava. Se eu tiver um outro filho, provavelmente ele não terá todo esse amparo, porque seus avós já estarão no interior...

— Mãe, essa criança terá a mim...

Achei bonito.

COM QUEM SERÁ?

Formatura de alfabetização: quê?

No sábado que vem é a formatura de alfabetização do Lucas. Alguém já tinha ouvido falar disso? Vejam bem, não é formatura de pré, porque isso já foi no ano passado, quando ele saiu do pré. É formatura da primeira para a segunda série. Vou ser antiga agora e dizer que na minha época não tinha nada dessas coisas. Quando saí do Pré III, cantei meia dúzia de músicas para envergonhar a mamãe e só fui fazer isso de novo na 8ª série. Depois no 3º colegial e depois na universidade. Quatro vezes na vida já não eram suficientes?

Mas, não. Agora a escola do Lucas inventou que eu tenho que ir sábado, às 9h da manhã, a um auditório na Rua Augusta ver o meu filho ler "inconstitucionalissimamente" escrito em um pedaço de cartolina. Claro que eu vou me emocionar, vou ficar orgulhosa, vou chorar, abraçar meus parentes e vou gritar para todo mundo ouvir ~~ter você é o meu desejo de viver~~ que o Lucas é a criança mais inteligente do mundo. Mas eu acho essas coisas todos os dias, mesmo quando ele escreve "o omem é çimpáticu". Ninguém precisava ter me cobrado 300 e tantos dinheiros para isso.

❖

Aí chegaram três convites para a formatura e eu fiquei indignada:

— Como assim só três?

Só lá em casa somos três. E o pai dele? E a Thaís? E a madrinha? E meu primo? E o meu irmão? E minha tia? E meu tio? E os vizinhos todos? E o Tobby?

Liguei para a escola, com o discurso já na ponta da língua:

— Bom dia, meu nome é Leonor, sou mãe do Lucas, do primeiro ano, e ele terá a formatura de alfabetização na semana que vem, gente, que que é essa formatura de alfabetização? E, por sinal, eu paguei muitos reais pra isso, bem, mas voltando ao assunto, eu só recebi três convites! Três convites! Isso é um absurdo. Que modelo é esse de família que vocês estão tentando ensinar para o meu filho? Mamãe, papai e irmãozinho? Isso é coisa do século passado, minha senhora. Ele é criado por mim e pelos avós maternos. Só nós somos 3. Mas nem por isso o pai deixa de ser presente e deixa de ter o direito de ir à formatura do próprio filho. E ele namora há muitos anos a Thaís, que também tem o direito de ir à formatura do enteado dela. E meu filho também tem os padrinhos, talvez meu irmão venha do Rio para isso. E se meu namorado estivesse em São Paulo, ele ia querer ir também. E o que eu faço com esses míseros três convites? Sorteio entre todo mundo que gosta do meu filho? Eu paguei uma for-tu-na. Vocês, no mínimo, deveriam ter alugado o Pacaembu para a cerimônia. E agora, minha senhora?

— Oi, Leonor. Bom dia. Esses convites são simbólicos para a senhora guardar como recordação. Pode entrar quem quiser na formatura.

— Ah, tá, obrigada.

E desliguei.

Creuzado

Hoje o Lucas voltou para a escola e começou a 2ª série do ensino fundamental. Não chorou nem uma lágrima e arrisco dizer que sequer sentiu vontade. Foi todo seguro para dentro da sala, sentou junto com novos amiguinhos, reviu outros, e praticamente se esqueceu de dar tchau para mim.

Então eu fiquei tentando me lembrar da minha 2ª série e comecei a ter calafrios. O ano era 1990 e eu troquei o ensino particular pelo público. Fui do pequeno Colégio São Domingos para a grande Escola Municipal de Primeiro Grau Tenente José Maria Pinto Duarte. Ficava (fica, porque ela ainda existe) no alto de um morro e as janelas davam para a barulhenta Avenida Sumaré. As paredes eram todas pichadas e atrás da escola crescia um matagal gigante, onde espécies peçonhentas se proliferavam para, posteriormente, grudar nos nossos cabelos, na hora da fila.

Eu estudava à tarde, porque de manhã eram as classes de 5ª à 8ª série. E era de manhã que acontecia o batismo feito pelos alunos da 8ª nos pré-adolescentes da 5ª. Um tipo de rito de passagem, que marcava o momento em que a gente deixava a infância e já podia ser espancado por gente mais velha durante a hora do recreio. Quem me contou isso foi meu irmão, quando ele fez a 5ª série e passou um ano todinho se escondendo no banheiro durante o intervalo das aulas.

O máximo da agressão que acontecia à tarde entre os alunos mais novinhos era guerra de pão de mel, distribuído de merenda pela Prefeitura. E o pão de mel era tão duro, mas tão duro, que eu tenho certeza que a diretoria da escola abafou todos os casos de traumatismo craniano que ocorreram ao longo dos meus dois anos no Tenente. Graças à Virgem Santíssima, mamãe me tirou ~~deste inferno~~ desta escola quando terminei a 4ª série.

❖

Mas eu não descobri tudo isso no primeiro dia. No primeiro dia de Tenente, na 2ª série, eu descobri que teria aula com a professora Creuza. Isto mesmo, Creu-za. No próprio nome da minha professora já tinha erro de português. Porque, me desculpem as Creuzas, é a mesma coisa que falar probrema.

A professora Creuza tinha os dentes separados, as unhas compridíssimas, e usava um batom vermelho borrado. Era loira tingida, de cabelo palha de aço, e em seus dedos cabiam cerca de 175 anéis pendurados. E a bicha era mais brava que o capeta na andropausa. Se eu precisasse contratar alguém para assustar uma casa com dois cômodos, certamente começaria minha pesquisa de preço pela professora Creuza.

Eu vim para o Tenente toda catita, pequenininha, com minhas canelas finas e minha franjinha reta, falando baixinho e com um nó na garganta. Eu tinha tido na 1ª série aulas de educação musical, ensino religioso e ciências com a tia Marta. Aí meus pais me colocaram para estudar com o capiroto.

— Tia Creuza, posso ir ao banheiro?

— Eu já andei de calcinha na sua casa? Já empurrei carroça com a sua mãe? Então, puta que pariu, não sou sua tia. Me chama de pro-fes-so-ra.

Nem sei se foi nesse momento que mijei nas calças na sala de aula.

❖

O caso é que, com o passar do tempo, eu fui me transformando nesse monstro e a professora Creuza começou a gostar de mim. Não sei se era cumplicidade por causa de nossos nomes esquisitos, ou se ela realmente admirava meu desempenho. Enfim, eu virei o xodó da professora Creuza e há quem diga que ela gostaria que eu a chamasse de tia.

Até que, um certo dia, sei lá por que cargas d'água, eu esqueci de fazer a lição. Era uma redação simples, mas vagabundei e não fiz. A professora sempre chamava meia dúzia para ler a redação, por isso todos tinham que fazer, porque nunca sabiam quando seriam chamados.

Eu respirei fundo e comecei a rezar. Se eu tivesse muita sorte, não seria escolhida justo naquele dia. Só que eu não tenho nem pouca sorte, que dirá muita. E adivinha qual foi o primeiro nome que a professora Creuza chamou?

— Leonor!

Lógico que foi o meu.

O fato é que, desde pequena, eu até que sou boa em contar histórias e, naquela tarde, abri meu caderno, olhei para a página em branco, e inventei uma historinha emocionante sobre o Lumbo: um elefantinho orelhudo que era tirado dos braços da mãe para fazer um número de circo e um dia conseguiu voar.

Causei uma comoção geral na sala de aula e chegou até a escorrer uma lágrima de sangue dos olhos da Creuza. Todo mundo aplaudiu de pé.

— Muito bom, Leonor. Agora traga a redação para mim, sim?

— O quê?

— Traga a redação que você escreveu aqui na minha mesa.

Me fodi.

— Não pode ser depois do recreio?

— Não. Qual é o problema em me entregar agora?

— É que... é que... eu não fiz.

Chego a acreditar que a professora Creuza já sabia que eu não tinha feito a redação, mas quis ver até onde eu iria aquele dia. E eu fui até o "e eles viveram felizes para sempre". E perdi o direito de descer para o recreio, porque tive que inventar uma nova história, dessa vez, no papel.

Pensando melhor em tudo isso, nos pães de mel, no batismo, nos bichos peçonhentos e no Tenente, acho que vou procurar a professora Creuza para agradecer por ela não ter me deixado descer aquele dia. No fim das contas, ela foi bem mais que uma tia.

Vó, você conheceu os dinossauros?*

Lucas mudou de escola e, um dia antes de as aulas começarem, rolou uma reunião para conhecer a nova professora. Então fomos eu e mamãe, às 7h da manhã, e neste horário era impossível achá-la uma boa pessoa. Mas ela até que é boazinha.

Aí eu vim para o trabalho e minha mãe voltou para casa e contou as novidades ao Luquinhas:

— Lucas, sua professora é uma senhora muito bacana.

— Senhora? Quantos anos ela tem?

— Ah, ela é mais velha ou tem a mesma idade que a vovó.

— Nossa, vó! Então ela é muuito velha!

---

* Sim, o Lucas perguntou isso um dia para a minha mãe.

Zezé e o pipi de pé

Dia desses fui buscar o Lucas na escola e a professora me chamou de canto:

— Leonor, preciso te contar uma coisa!

Era o diálogo abaixo, dela e do Lucas:

— Professora Zezé, me ajuda! Toda vez que eu converso com a Giovana (Giovana é a mais nova paixão do Lucas), me dá uma coisa estranha aqui embaixo…

— Ãhm?

— Sabe, Zezé… O meu pipi…

— Ãhm?

— Fica em pé… O que é isso, professora?

Zezé parou para pensar por uns 5 minutos. O que dizer para uma criança de 5 anos nessa situação?

— Isso, Lucas, é felicidade!

Vovó com 30 anos

— Mamãe, mamãe, posso te contar um segredo?

— Claro, filho...

— Eu só quero namorar se for com a Milenca.

— Ah, que bonitinho. Daqui a uns anos, quando você for maiorzinho, conversa com ela, fica bastante amigo, para depois pedi-la em namoro.

— Não, mamãe. Eu sei que ela já gosta de mim!

— Como? Ela te disse isso?

— Não... Mas quando eu chego perto dela, ela abre um sorriso lindo...

— Que lindo! Você é um fofo, filho.

— Mas eu só quero namorar a Milenca se ela mostrar a xotinha pra mim.

Parou.

❖

Não há sensação maior de velhice do que encontrar o filho pequeno brincando de médico com a priminha. Quando eu abri a porta e encontrei a Julinha explicando para o Luquinhas a diferença entre meninos e meninas, deu vontade de tomar um solzinho na pracinha com uma mantinha sobre as pernas.

— Oi, o que vocês estão fazendo?

A Júlia deu um pulo de tão sem graça. O Lucas, com toda a sua malícia, logo respondeu:

— Brincando de médico, mãe!

Então, eu soube que era a hora da tal conversa.

— Olha, crianças, brincar de médico é muito legal, eu mesma já brinquei muito. Mas, por favor, brinquem de calça, certo?

— Tá bom, mãe. Agora sai, que tá na hora do exame do bumbum!

❖

Eu estava no meu quarto, sem blusa, passando bepantol na tatuagem e conversando com o Lucas:

— Sabe, mãe... Quando eu crescer, quero fazer só aquelas tatuagens de criança, que saem na água.

— Lucas, você não precisa ter uma tatuagem. Só vai fazer tatuagem se quiser.

— Ah, é?

— É. Não é porque eu tenho agora que você tem que ter. Eu só fui fazer depois que tive um filho maravilhoso e que sabe desenhar.

— Ah, mãe... Eu adoro isso.

— O quê? A tatuagem ou o elogio que te fiz?

— Não, mãe... Peitos. Eu adoro peitos.

— Peitos?

— É. E xotinha também.

Parou agora. Sério.

❖

— Mãe, vou tomar banho. Me ajuda a tirar o cinto? Não tô conseguindo.

— Lucas, quando você crescer, vai ter coisas que você vai fazer e eu não estarei lá pra te ajudar. Você precisa aprender.

— Já entendi, mãe, mas podexá que quando eu for transar a primeira vez, eu estarei de moletom.

Me enterrem, por favor.

Luquinhas xavequeiro

Sendo criado por duas mulheres, o Luquinhas não tinha como não ser um cara que sabe como tratar as mulheres. De vez em quando, meu pai até tenta ensiná-lo a arrotar na frente das visitas, mas ele aprendeu que, para conseguir o que ele quer com a mamãe e com a vovó, um elogio é muito mais eficiente. E ele arranca suspiros das senhorinhas do prédio quando abre a porta do elevador e diz:

— As damas primeiro...

Durante o almoço ou o jantar, ele sempre elogia a comida:

— Vó, está nota 1000!

— Mãe, isso está divino!

Dá gosto cozinhar para o Luquinhas e minha mãe acaba sempre perguntando o que ele quer comer, só para preparar aquilo que ele tem vontade e ouvir um elogiozinho.

No sábado, no aniversário do meu primo, minha tia lhe mostrava um álbum antigo, de quando ela e mamãe ainda eram mocinhas, e ele mandou um:

— Nossa, mas vocês estão muito melhores agora...

Nem preciso dizer que Luquinhas ganhou muito mais brigadeiro na hora dos "Parabéns", né?

Mas, nesta segunda-feira, ele se superou. Jantávamos eu, mamãe, papai e ele um caldo verde delicioso:

— Vó, se você desse essa sopa para o prefeito, ele te daria a chave da cidade...

Vai conseguir o que quiser na vida esse garoto.

APROVEITE ENQUANTO ELE TE AMA

— Oi, filho.

— Oi.

— Tudo bem?

— Tudo.

— Tô com saudade.

— Que bom.

Pra ser mãe de adolescente é preciso ter uma excelente autoestima.

⋮

AUTOESTIMA DE ZERO A MIL EM DOIS SEGUNDOS

Hoje eu fui buscar o Lucas na escola e, na volta, passamos na lanchonete para comer coxinha. Os dois atendentes perguntaram para ele:

— É sua irmã?

— Não, é minha mãe!

Rolou a comoção de sempre:

— Não pode ser! Não pode ser! Você está de brincadeira! Você começou cedo, hein?

— Sim, mas é que também eu sou mais velha do que pareço e ele é mais novo do que parece.

— Nossa, então esse moleque tá bem acabadinho!

AUTOESTIMA DE MIL A ZERO EM DOIS SEGUNDOS

— Lucas, te falei que o atendente da padaria ontem disse que eu pareço ter 17 anos?

— Já, mãe. Umas 12 vezes. Aparentemente, você tá é com Alzheimer.

UMA DICA

Luquinhas vai ganhar o videogame só de noite.

— Mãe, com que letra começa o meu presente?

— V!

— Uma vaca?

Cara de pau

Da minha casa até a escola do Lucas, percorremos uma distância de 2,5 km a pé. Coloquem aí umas 15 quadras, algumas curtas e outras mais longas, de conversas animadas com o molecote e passos apressados porque temos que chegar em meia hora.

Dias atrás, ele me disse que precisávamos sair mais cedo porque estava chegando atrasado:

— Precisamos estar todos os dias na escola às 7h, mãe. Quando eu chego, todos já subiram pra sala e a aula já está começando.

Eu dei um suspiro profundo porque isso significava acordar ainda mais cedo, quando o silêncio da cidade é cortado somente pelo apito do guarda noturno.

Hoje, no caminho, eu disse a ele:

— Já estamos aqui e ainda faltam 15 pras 7h. Você vai conseguir chegar às 7h em ponto.

— Yess! Vou ter 15 minutos pra jogar antes de a aula começar.

— Oi? Você não disse que precisava chegar às 7h pra não se atrasar pra aula? Que papo é esse?

Aí ele começou a gaguejar.

— Me explica direito isso, Lucas.

— Só tem uma explicação, mãe: eu fui um cara de pau.

Nove

Filho, desta vez você faz 9 anos. N-o-v-e. Eu te vejo crescer e mal acredito que já faz todo esse tempo que você saiu de dentro de mim naquela segunda-feira de chuva em São Paulo. Às vezes você me chama de "Mãe!" e isso soa tão esquisito que parece que tudo foi de uma hora para a outra. Parece que um dia eu estava ali, na calçada da Rua Linda Ferreira da Rosa, brincando com a Mariana e com a Jennifer, e no dia seguinte eu já tinha um filho grande, namorando todas as meninas da classe e indo para o 4.º ano do ensino fundamental.

Mas não foi de uma hora para a outra, filho. Para você chegar aos nove anos, eu passei por muita coisa. Passamos, aliás. Todos nós. Eu, você, sua avó, seu avô, seu tio, seu pai. E passaremos até você completar os seus cento e tantos anos, que é o tempo que você gosta de dizer que vai viver. Você gosta de viver, filho, e sempre foi assim. Desde a minha barriga você quis viver e fez tudo bem direitinho.

Sabe, Lu, eu engravidei cedo, bem cedo. Deve ser por isso que essa sensação de "uma hora para a outra" é mais acentuada. Porque em um dia eu era adolescente e namorava o seu pai, ia a shows de punk rock, vestia calça rasgada e chinelos (não que isso tenha mudado) e não tinha a responsabilidade de ensinar algo a alguém, e no dia seguinte estava ali, correndo atrás de berço, de fralda e de futuro.

Eu tinha 18 anos quando engravidei de você. Acontece com muitas meninas por aí que engravidam cedo e era bem natural até o começo do século passado. As mulheres da década de 1920 se casavam com 12 ou 13 anos e tinham filhos com 14 e 15. Mas você é uma criança do século XXI, filho. E não é fácil engravidar aos 18 no século XXI. Principalmente porque, neste nosso século de agora, você tem a obrigação de saber de tudo e tudo inclui saber que não se pode engravidar sem planejamento. Não, Lu, você não foi planejado. E eu não tive você por falta de informação, eu sabia de tudo. Ou quase tudo. Se aos 18 alguém me perguntasse por que eu engravidei, eu não saberia dizer. Mas, olhando pra você agora, eu entendo que você precisava nascer pra mudar a minha vida. Pra fazer de mim uma pessoa melhor.

Só que aos 18 ninguém sabia o que seria do futuro. É por isso que foi tão difícil contar para os seus avós que eu estava grávida de você. Porque naquela época ninguém sabia que hoje estaríamos onde estamos. Que você seria este menino genial, de frases rápidas, de vocabulário brilhante, de um carinho que não cabe no peito. Que você seria esse menino feliz. Ninguém sabia que eu conseguiria depois, com a ajuda fundamental dos seus avós, fazer uma faculdade, pagar essa faculdade, e me formar jornalista. E que conseguiria sustentar a casa com dois estágios na época em que o vovô ficou desempregado, nem que conquistaria esse bom emprego que tenho hoje pra te pagar escola, natação, Lego, cookies e o celular que você quis de aniversário. Ninguém sabia que daria tudo certo.

Foi desesperador, Luquinhas, não vou mentir pra você. Quando eu descobri, demorei a me acostumar com a ideia de que ia ser mãe. Tanto é que, toda vez que eu menstruava, eu sentia um grande alívio. Mas você já estava ali dentro, lutando para viver, e a confirmação de que eu seria mãe só veio aos quatro meses, contigo mexendo dentro de mim. Pode parecer esquisito, mas acho que é mais comum do que a gente pensa — tem até um programa na TV a cabo que fala sobre mulheres que tiveram filhos e não sabiam que estavam grávidas. E o programa é semanal!

Eu não sabia, mas desconfiava. E depois que tive essa confirmação, guardei aquilo só para mim por um bom tempo. Contei só para o papai, que precisava saber e organizar a cabeça. Foi difícil para ele também. Só nós três sabíamos que você estava ali, escondido na minha barriga. Você se mexia toda vez que estávamos sozinhos e eu conversava contigo, pedia para você ficar quietinho até eu conseguir arranjar coragem para contar. E você era tão obediente, Luquinhas! Eu bem usava umas roupas mais largas para os seus avós não perceberem, mas era incrível como você se encolhia. Você soube respeitar o meu tempo desde sempre, filho, e eu serei grata por toda a minha vida.

Quando você tinha quase seis meses dentro da minha barriga (SEIS!), eu decidi que era hora de contar, que não dava mais para esconder, que você merecia se esticar lá dentro, que eu merecia não ter mais essa angústia entupindo a minha garganta e me impedindo de viver a gravidez por completo. Eu não aguentava mais disfarçar a minha vontade de comprar as suas roupas, de escolher um nome pra você, de virar mãe. Ali eu senti, Luquinhas, que eu tinha virado mãe.

Eu só precisava de mais uma dose de coragem para sentar diante dos seus avós e dizer que eles não eram só mais meus pais dali para a frente. Não lembro exatamente qual foi o dia em que isso aconteceu, mas lembro que, na noite anterior, sonhei com a vovó Leonor – sua bisavó – que eu não conheci. Ela me pedia para contar que estava grávida porque tudo se resolveria.

E eu acordei às 5h da manhã daquele dia e o seu tio e o seu avô já tinham saído para trabalhar. Queria pegar toda a família junta, mas decidi que não ia mais esperar nenhum minuto e ia fazer aquilo que a minha avó tinha pedido. As avós... Sempre tão importantes, mesmo quando a gente sequer as conhece.

Vi minha mãe sentada no sofá no cantinho e sentei à sua frente. Disse que tinha uma coisa importante para contar e ela me olhou fundo, como só ela sabe olhar – e você sabe bem disso. Eu comecei a chorar e não consegui falar mais nada.

— Você está grávida? – ela me perguntou.

Fiz que sim com a cabeça e ela disse:

— Isso é a última coisa que você podia ter feito comigo.

Eu sabia disso. Porque, Lu, você vai entender – hoje eu entendo – que a gente pode até não planejar a nossa própria vida, mas a dos nossos filhos a gente planeja todos os dias. Eu planejei a sua. Não sei o que você vai ser quando crescer, nem com que idade vai casar, nem com que idade vai ter filhos, mas eu planejei uma só coisa pra você: que você vai ser feliz. Ah é, duas coisas: feliz e corinthiano. A vovó tinha planejado a mesma coisa pra mim e, ali, naquele sofá, aos 18 anos, ela não sabia se eu seria feliz.

Por isso que ela parecia uma leoa enjaulada, andando por todos os lados daquele apartamento, sem parar, beirando o desespero, acendendo um cigarro no outro. Ligou para o titio Rodrigo, para o vovô, para a tia Gilberta e para o tio Roberto. O vovô voltou correndo do trabalho e eu ainda estava sentada no outro canto do sofá. Quando ele chegou, falou meia dúzia de palavras que, confesso, não me lembro. Mas, em seguida, ele colocou a mão na minha barriga e você chutou para mostrar que estava ali de verdade. E o vovô começou a chorar sem parar – ali eu tive certeza de que era muito mais de alegria.

Você já deve saber que a vovó é um dos pilares mais importantes da nossa família. É inteligente, é racional, e logo que o relógio marcou um horário decente naquela manhã, ela agarrou a minha mão bem forte, ainda brava, e me arrastou até um médico.

– Agora você precisa cuidar dessa criança!

Talvez seja só por isso que hoje você esteja aqui, Lucas. Que você esbanja essa saúde de ferro, que fica difícil até pegar uma gripe. Vovó ficou um bom tempo à base de calmantes, filho. Foi difícil para ela esperar o tempo passar e ver que a vida só ia melhorar dali para frente. Mas naquele mesmo dia, de noite, aconteceu uma coisa que diz muito sobre a vovó. Mesmo atordoada, ela foi ao shopping, e voltou carregando um travesseirinho, embrulhado e com desenho de bichinhos. Ela me estendeu o embrulho e disse, chorando:

– O primeiro presente pro seu filho eu que tinha que dar...

Foi assim que eu contei que você estava pra chegar, Lucas. Foi assim que nasceu não só você, mas uma mãe, uma avó e um avô. E foi assim que eu tive certeza de que tudo, absolutamente tudo, daria certo.

Feliz aniversário, meu menino.

Com todo o amor do mundo.

Mamãe.

Lucas e o namoro

Dias atrás, Luquinhas veio me contar um segredo:

– Mãe, estou namorando.

Quase caí para trás, afinal, estou encalhada e é inadmissível que o moleque consiga namorar antes de mim.

– Como assim, Lucas? Namorando? Quem?

– É, a Maria Eduarda.

– E aí? Como você namora? Não beijou na boca não, né?

– Tá louca, mãe? Claro que não. Ela nem sabe que a gente namora.

❖

Aí nesse fim de semana, resolvi perguntar:

– E o namoro, Lucas?

– Ah, mãe, a gente terminou – ele fez uma cara de lamento.

– Poxa... E ela ficou chateada?

– Não, mãe. Ela ainda não sabia que a gente namorava.

❖

Então eu estava contando para minha mãe, na frente do Luquinhas, que ele tinha terminado com a Maria Eduarda.

– É, vó. Agora eu estou a fim de outra pessoa.

– Da menina nova que entrou agora na sua sala? – minha mãe perguntou.

– Não, vó. Na verdade, é um menino.

Juro, minha perna bambeou. Ele tem 6 anos e eu ainda nem pensei em nada do tipo.

– Explica melhor, Lucas. Você está apaixonado por um menino?

– Que, mãe? Tá louca? Tô dizendo pra vovó que na verdade foi um menino novo que entrou na minha sala agora, não uma menina. Eu estou a fim de outra menina lá da sala.

Pensando bem, não estou preparada para uma coisa nem outra.

Luquinhas, o sexo e a lógica

Terça-feira fui buscar Luquinhas na escola e voltamos conversando sobre seus novos coleguinhas de sala.

— E aí, Lu?! Está gostando dos novos amiguinhos?

— Estou, sim. Ainda não arranjei nenhuma namorada nova.

— Mas foi só o segundo dia! Sossega o pito.

— Ah, mãe. Um dia eu vou arranjar três namoradas e elas vão gostar de mim e eu vou ficar pelado com elas.

— ~~Putaqueopariu~~ Lucas! Você só poderá ficar pelado com uma namorada quando for grandão.

— Grandão quanto?

— Assim, do tamanho do seu tio! — foi a primeira coisa que eu pensei, porque meu irmão tem 1,96 cm.

— Mas, mãe, o titio já ficou pelado com a namorada dele?

Ai, meu deus.

— Lucas, não sei.

— Pergunta para ele, mãe.

— Lucas, seu tio está no Rio de Janeiro.

— Liga pra ele, mãe. Liga! Liga! Liga!

— Para com isso.

— Pergunta! Pergunta! Pergunta!

Meu irmão namora há 5 anos e eu sabia a resposta, mas lá fui eu mandar um SMS para ele.

"Digão, o Lucas quer saber se você já ficou pelado com sua namorada"

"Quê?"

— Mãe, o que foi que ele respondeu?

— Ficou indignado, Lucas. Mas não respondeu nem que sim, nem que não.

— Pergunta de novo! Pergunta! Pergunta!

Acho que ele até babava.

"É isso mesmo que você leu, Digo"

"Mas ele perguntou isso do nada?"

— E agora? O que ele respondeu?

— Ainda nada, Lucas. Vou perguntar pra ele se sim ou se não.

— Ai, por favor, sim, sim, sim, sim — e juro que ele fez figuinhas, torcendo para que meu irmão não fosse mais casto.

Então eu mandei uma outra mensagem explicando tudo e meu irmão só respondeu:

"Hahahahaha"

Mostrei para o Lucas e ele disse:

— Olha, mãe. Se o meu tio não quer responder, eu só posso concluir que ele já ficou pelado mais de 20 vezes.

Sogra do mês

Virei sogra. Não estava preparada ainda. Eu sabia que um dia isso iria acontecer, mas achei que fosse ser em 2025, mais ou menos. Não com um filho de 8 anos.

Até então, eu só tinha sido meio sogra. Só "gra". Ou melhor: ogra. Porque o Lucas tinha namorado outras cem vezes, mas as meninas, não. Ele namorava sozinho. Milenca, Giovana, Gabriela, Morgana. Elas nem imaginavam que já tinham tido o seu primeiro namorado.

❖

Não sei ser sogra. Já experimentei de vários tipos: nova, velha, palmeirense, corinthiana, descolada, reacionária, legal, chata, boa cozinheira, péssima cozinheira, que me fazia rir, que me fazia chorar, maldita, abençoada, mãezona, sogra sogra. Me dei bem com a maioria delas, mesmo quando tive que engolir uma sopa de couve ou um caldo de chuchu com macarrão integral. Ainda assim, perdoei.

Se eu tivesse feito um filho aos 30 e meu filho tivesse arrumado uma namorada aos 30, eu seria daquelas sogras com dupla personalidade, que faz um cachecol para a nora e em seguida envenena os bolinhos de chuva.

Se eu tivesse feito um filho aos 19 e meu filho tivesse arrumado uma namorada aos 15, eu seria daquelas sogras que dá o primeiro porre na nora e vai parar na cadeia depois de ser processada por oferecer bebida alcoólica para menor de idade.

Mas eu fiz um filho aos 19 anos e o dito cujo resolveu arranjar a sua primeira namorada aos 8 anos! Agora eu não posso nem dar um porre de cerveja na criança sem matá-la, muito menos envenenar bolinho de chuva. Porque eu não sei fazer bolinho de chuva!

❖

O Lucas sempre namorou sozinho até conhecer a Rebecca. Foi tudo muito rápido, uns dois dias depois de conhecer a Morgana. A Rebecca também é da escola nova do Lucas. E tenho que dizer, meninas, que a Rebecca podia fazer uma apostila de abordagem masculina porque venderia como água.

Acompanhe:

Na segunda-feira desta semana, a Rebecca se tornou amiga do Lucas. Na terça-feira, ela pediu seu MSN e telefone. Ligou 17 vezes durante a tarde, sem exagero. Lá pela 16ª vez, o Lucas já estava escondido de medo da Rebecca e não podia nem ouvir o telefone tocar que começava a tremer. Tive que mentir e dizer que ele havia saído, porque senão teríamos a madrugada toda de telefonemas. Na quarta-feira, ela deu uma sumida e o Lucas sentiu sua falta. Até que ela conectou no MSN de noite e apareceu na webcam para ele, com um monte de emoticons de coraçãozinho. Nesta altura do campeonato, a Morgana já tinha ido para o espaço. Hoje a mãe dela me cumprimentou na porta da escola e eu achei aquilo tudo muito estranho.

❖

Na volta da escola, o Lucas me contou:

— Mãe, acho que a Rebecca gosta de mim. Ela me olha a aula toda.

— Ih...

— Toda vez que eu olho, ela olha...

— Ih...

Aí chegamos em casa, não deu nem 5 minutos e a Rebecca ligou. Eu disse que ele ia almoçar e que ligasse depois. Vim trabalhar e minha mãe me contou via gtalk:

— O Lucas está há meia hora no telefone com a menininha, fechado no quarto.

E me mandou a seguinte conversa, que o Lucas deixou aberta no MSN:

Lucas diz:
- porque na aula *voce* fica o tempo todo olhando para mim?

Rebecca diz:
- eu não fico

Lucas diz:
- fica sim
- não minta

Rebecca diz:
- eu não *to mintindo*

Lucas diz:
- *ta* sim
- fala a verdade

Rebecca diz:
- não *to*

Lucas diz:
- eu quero a verdade
- *vc* gosta de *min*?
- não tenha vergonha de falar a verdade
- e *ve* se fala a verdade

Rebecca diz:
- fala *vc* primeiro *sinao* eu não falo

Lucas diz:
- eu não vou falar para *niguem*
- isso é verdade

Rebecca diz:
- senão eu não falo

Lucas diz:
- *ta* eu falo

Rebecca diz:
- fala

Lucas diz:
- *vc* promete que não conta para *nimguem*

Rebecca diz:
- sim eu juro

Lucas diz:
- verdade

Lucas diz:
- quer dizer que *vc* gosta de min?

Rebecca diz:
- *descubril*
- *descubriu*

Lucas diz:
- liga para min

Rebecca diz:
- *ta*

Lucas diz:
- *ta* bom

Rebecca diz:
pera

❖

Não deu cinco minutos desta conversa com a minha mãe e ele me chamou no MSN:

Lucas diz:
- mãe

Leonor Macedo diz:
- oi amor

Lucas diz:
- Não fala para *niguem*
- eu vou te contar uma coisa

Leonor Macedo diz:
- conta sim
- pode contar

Lucas diz:
- eu *to* namorando a Rebecca

Leonor Macedo diz:
- tá namorando?

Lucas diz:
- sim

Leonor Macedo diz:
- você gosta dela?

Lucas diz:
- sim e ela de *min*

Leonor Macedo diz:
- mas como é namorar, Lu?
- namoro de criança é diferente, né?

Lucas diz:
- é
- esse namoro é dar as mãos

Leonor Macedo diz:
- só isso, né?

Lucas diz:
- é sim

Leonor Macedo diz:
- você é um fofo!

Lucas diz:
- *so* sim

❖

Não deu cinco minutos, eu chamei minha mãe no gtalk, mas esqueci que quem estava usando o computador era o Lucas:

eu: MORRI

Rosemarí: por que

eu: ele tá namorando
pediu pra não contar pra ninguém
então você não sabe, hein?

Rosemarí: sou eu mãe, no gtalk da vovó

❖

Parece que nesta conversa de meia hora pelo telefone que ele e a Rebecca tiveram, ela o pediu em namoro. E ele aceitou. Porque se convenceu de que ama a Rebecca.

"Foi um verdadeiro milagre alguém ter aceitado namorar comigo, mãe", ele me disse pelo telefone. Lindo daquele jeito. Homem é tudo besta.

Então expliquei para ele que ele só tinha 8 anos e que era natural que nunca ninguém tivesse aceitado namorar com ele. Contei da corrente que acredita que a vida começa aos 40 e pedi para que ele pensasse nisso.

— Tá, tá... Quando eu posso chamá-la para vir em casa?

❖

Alguém sabe uma receita rápida de bolinho de chuva?

SOFRENDO POR AMOR

Começo a entender por que as sogras, em geral, odeiam tanto as noras. Juro que tentei gostar da Rebecca, ela me pareceu tão legal com aqueles óculos, as unhas pintadinhas de rosa e a carinha de inofensiva. Hoje até cumprimentei-a com o maior dos sorrisos, na porta da escola, enquanto esperava o Lucas sair todo estabanado, carregando a mochila aberta com o material caindo pelos lados.

Aí ele começou a conversa:

— Mãe, preciso te contar uma coisa e não sei nem por onde começar.

— Começa pelo começo, ué.

— Ontem, o Enzo, aquele menininho que fez o aniversário do Ben 10 logo na primeira semana de aula, deu um beijo na Rebecca.

— O quê? Conta isso melhor!

— Parece que os dois estavam sozinhos em algum lugar da escola e eles se beijaram.

— Lucas! Quem te contou? E o que você fez?

— A Rebecca me contou. Mas não terminamos.

Acho que as pessoas fadadas a sofrer por amor já nascem assim.

— Como assim?

— Ela disse que logo depois de beijar o Enzo, fugiu. Eu gosto dela, mas já avisei que, se isso voltar a acontecer, vou deixar de ser amigo dele. Mas eu confio muito nela.

Meu coração partiu porque pensei no Lucas lá na frente e na minha eterna incapacidade de impedir que qualquer um possa machucá-lo.

Sofrer por amor só é bom em música.

O FIM

— Mãe, como se termina um namoro?

Não dá para dizer que o Lucas perguntou para a pessoa errada. De todos os 175 namoros que eu tive, 174 terminaram. O que não terminou é o atual.

❖

Deitada na cama, ao lado do Lucas, quis explicar para ele que não há um jeito certo de terminar um namoro. Que o fim nunca é numa boa, que sempre alguém sai mancando e de olho roxo na história. E que, se tem algo que aprendi, é que em uma relação meio a meio, realmente um dos dois sai perdendo 75%.

❖

Fiz uma passagem rápida em minha cabeça dos fins dos meus namoros, até porque o Lucas estava ali, esperando uma resposta. Alguns foram bem traumáticos, outros foram como tomar um grande porre de vodca porque, por mais que eu force a memória, eu não consigo me lembrar. Eu já gritei, eu já chorei, eu já mantive a calma, eu já fui extremamente fria, já esperneei, já cuspi e já até bati. Eu já quis matar e já quis morrer.

Já terminei namoro pessoalmente, por SMS, por MSN, por gtalk, por e-mail, por telefone, ~~por pombo-correio~~. Acho que se a tecnologia está aí ao nosso dispor, a gente deve usufruir não só para ter uma geladeira que apita quando o refrigerante está gelado. Até porque eu tenho absoluta certeza que o Seu Graham Bell* inventou o telefone para não ter que terminar pessoalmente com uma garota.

❖

Existem alguns mitos nessa história de terminar um namoro, e este papo de não terminar pessoalmente ser considerado uma sacanagem é um deles. É um bocado novelesco ter que acabar com um relacionamento olhando nos olhos da pessoa, como se isso fosse evitar o fim. Como se a pessoa que vai terminar um namoro fosse voltar atrás porque, olhando nos olhos da outra, conseguiria perceber que tudo não está ruim, está ótimo. Que ainda há muito amor e que o fim, escrito todos os dias há uns seis meses, foi um equívoco.

Porque o fim nunca vem de uma hora para a outra. Mesmo a gente achando que é para sempre, o fim nunca chega de surpresa em um relacionamento. Ele se coloca entre o casal deitado lado a lado na cama, ele passeia de mãos dadas no shopping, aparece de repente para jantar, senta na cadeira de trás no cinema, te espirra água na piscina e, no caso do Lucas, beija a sua namorada debaixo da escada da escola.

❖

Outro mito é que terminar é pior do que "ser terminado". Terminar é mesmo ruim, é como um pelo encravado nas partes baixas, um espinho enterrado no saco (e eu nem tenho saco), um caco de vidro na garganta, um palito quebrado debaixo da unha. Terminar é um incômodo. Mas quando terminam contigo, por mais babaca que o cara seja e que você saiba disso, sua autoestima já era. Eu prefiro sempre bater a apanhar e nunca entendi quem diz que terminar um namoro é pior.

❖

O terceiro mito é que só se termina com alguém quando não existe mais amor. Eu tive um relacionamento em que só existia amor. O resto tinha ficado em alguma dessas viagens que a gente fazia para tentar salvar o namoro. Escondido debaixo de um aerólito. Não tínhamos respeito, não tínhamos mais carinho, paciência, cumplicidade, tolerância, não tínhamos mais nada. Só amor. E aí, em uma das nossas inúmeras brigas, eu terminei. Entupida de amor, que logo transformei em ódio, e depois em mágoa, de tanto que o filho da puta me sacaneou com gestos, palavras e tudo aquilo que se transforma em ferramenta para machucar o outro. Por uns meses, pensei que fosse morrer. Taí um outro mito, porque a verdade é que a gente nunca morre.

❖

Acho que o último mito, pelo menos o que me vem à cabeça enquanto o Lucas espera uma resposta, é que não dá para ser amigo de ex-namorado. Eu sou amiga de todos. Bem, de quase todos, exceto o cara do parágrafo anterior. Mas todos os outros são meus amigos. Tudo tem seu tempo e é clichê, mas é verdade: os dias, os meses e os anos são capazes de ajudar a gente a se recuperar e a curar todas as feridas. Até aquelas que a gente acha irreversíveis. Se bobear, até aquelas do parágrafo anterior. Mas coloca uns cem anos aí.

❖

— E aí, mãe? Como se termina?

Ele é criança e vai ter muito tempo para descobrir.

— Como o seu terminou, Lucas?

— Ah, acho que não gosto mais dela.

— Por conta do que ocorreu com o Enzo?

— Também...

Pensei em dizer para ele colocar a culpa toda nisso, falar que ela agiu mal, que o Enzo agiu mal, que foi um absurdo o que aconteceu, que ela arrebentou o coração dele etc. etc., porque eu também já terminei dessa maneira, colocando a culpa toda no outro. Se existem mitos ao acabar um relacionamento, existe também uma verdade absoluta: quem conta a história do fim tem sempre razão.

— Então fala a verdade, Lucas. Diz para ela que o que aconteceu fez você se desinteressar pelo namoro e que agora você não gosta mais dela. Dói ouvir que alguém não gosta mais de você, mas ela não vai morrer, pode acreditar.

— É, vou dizer isso. E vou investir na Morgana…

— Isso você não diz!

* *Escrevendo este post, eu descobri que o Graham Bell não inventou o telefone, mas sim Antônio Meucci, italiano, que vendeu a patente pro tal do Bell.*

DEPOIS DO FIM

Crianças descomplicam absolutamente tudo. Quando o Lucas tinha uns 5 anos, ele chegava na praia, em Riviera, e saía perguntando para todas as outras crianças se alguma delas queria ser sua amiguinha. Menos de 10 minutos depois, todas as crianças da praia estavam sentadas juntas, cavando um grande buraco com as mãos até conseguirem achar água, mesmo com um oceano todo ao lado.

Ok, isso é complicar um pouco, mas qual adulto consegue fazer um amigo sequer cavando um buraco? O Lucas conseguia mais de 20. E no fim do dia, se despedia de todos, sem dor no coração, para nunca mais vê-los. Ficava sempre tudo bem.

Rebecca passou longos dias sem ligar em casa. Até eu comecei a sentir falta. Depois de passados três dias da pergunta de como se termina um namoro, Lucas ainda não tinha arranjado coragem para terminar. É sempre difícil. Desde sempre.

— Já sei! Vou fazer por MSN!

Essa geração é realmente mais avançada, porque eu demorei anos e anos para entender que isso era possível.

Mas a menina provavelmente não pagou o Speedy e ficou tempos sem conectar.

❖

Um dia, fui buscar o Lucas na escola e, logo à nossa frente, Rebecca caminhava com sua mãe e sua irmã. Eles mal se olharam e a mãe, que por semanas me cumprimentou efusivamente, soltou um muxoxo ao invés de um sorriso.

— Vocês terminaram, né?

— Não com palavras, mãe.

— Como foi, então?

— Ela me olhou diferente, eu a olhei diferente, e pronto. Nós dois soubemos que estava tudo acabado.

Comunicação via olhar. Mais eficaz que MSN.

❖

O mal-estar entre os dois não durou nem 24h. Ela ligou, ele ligou, ela conectou, ele conectou, eles mandaram emoticons um para o outro, como dois bons amigos que nunca tinham brigado. Ontem voltamos da escola conversando todos: eu, Lucas, ex-namorada, ex-sogra, ex-cunhada.

Antes de nos despedirmos, a mãe da Rebecca disse:

— Deixa o Lucas ir lá em casa qualquer dia!

— Deixo, claro. Vamos combinar.

E os dois logo ali em frente, rindo e brincando. Sem nunca terem precisado cavar um buraco.

Ioiô

O amor é enrolado em qualquer idade, qualquer época e qualquer lugar. Toda história renderia uma novela das oito, escrita pelo Manoel Carlos e adaptada para as areias do Leblon. A jornalista que tem a sua vida transformada quando conhece um motoboy. A mulher que troca o namorado pelo irmão (do namorado) mais novo. O palmeirense que se apaixona por uma corinthiana. A senhora que, depois de um casamento de 30 anos e três filhos, descobre que gosta de outras mulheres. O homem que namora outro homem que diz ser quem ele não é. O menininho que é 'traído' pela namoradinha na escola, termina o relacionamento pelo olhar e volta com ela poucos dias depois porque quer brincar em sua casa depois da aula.

❖

Lucas e Rebecca voltaram. No fim das contas, foi uma decisão acertada terminar com o olhar e não com palavras. Tomarei nota em minha mente para os meus relacionamentos, já que palavras costumam ser definitivas e olhares sempre deixam entrelinhas. Na hora de voltar com a Rebecca, nada precisou ser verbalizado também. Eles simplesmente brincaram juntos, sorriram um para o outro e se divertiram juntos. Como todos os namorados deveriam fazer.

❖

Na sexta-feira, fui buscar o Lucas na escola e ouvi um cochicho:

— Esta que é a mãe do Lucas...

Eu já me acostumei com essa história de perder a identidade e ser chamada de "a mãe do Lucas" por todo mundo. Quando olhei para o lado, vi a mãe da Rebecca comentando com a irmã mais velha da namoradinha do Lucas, que tem uns 18 anos. Dei um "oi" meio sem graça de longe e esperei o Lucas voltar, desequilibrando com sua mochila pesadíssima e cheia de livros. Quando ele apareceu, ouvi um novo cochicho:

— Este que é o Lucas...

— Que alto que ele é. E que bonito! — a menina respondeu.

Lucas quis esperar pela Rebecca e por sua irmã gêmea, a Olga, para irmos todos juntos e conversando.

Falamos de coisas superficiais como o peso da mochila, a mensalidade da escola, a festinha do sorvete que aconteceria em outra escolinha do bairro, até que a sogra do Lucas voltou a convidá-lo para conhecer sua casa:

— Deixa ele ir na semana que vem?

— Combinaremos no começo da semana.

— Ela me enche o saco para o Lucas ir lá em casa.

— Ele me enche o saco para ir na sua casa também.

Enquanto tínhamos este papo, mais à frente caminhavam Lucas e Rebecca tagarelando e a rua se aproximava. Eu acelerei o passo para atravessar segurando na mão do meu filhote, que por sua vez segurou a mão da Rebecca.

Foi a primeira vez que pegaram nas mãos um do outro, meio porque são namorados, meio porque é perigoso atravessar a rua sem o apoio de um adulto. Ficamos ali os três de mãos dadas.

— Solta a minha mão — a Rebecca disse quando chegaram na calçada.

Ele soltou naturalmente. Eu continuei segurando na outra mão dele.

— Está com vergonha, Rebecca? — o Lucas perguntou.

— Não sei como você não morreu de vergonha, Lucas — ela disse.

— Não acho o Lucas tão envergonhado — observou a mãe de Rebecca. — Quando ele liga lá em casa, pede para falar com ela direitinho, pergunta como eu estou. Os outros meninos que ligam lá atrás da Rebecca não são assim...

Putaquel, meu! Que outros meninos ligam lá atrás da Rebbeca, meu cacete?

❖

Depois, todas elas seguiram em frente e eu desci a Avenida Pompeia com o Lucas:

— Vocês estão felizes de novo, né?!

— Eu te disse que voltamos.

— Você até segurou na mão dela...

— ... Pela primeira vez... — ele estava nas nuvens. — Sabe, mãe, a gente sempre vive dizendo um para o outro: "Te amo, Lucas", "Te amo, Rebecca"...

— Ãhm? Mas ela morreu de vergonha só de pegar na sua mão!

— Ah, mãe. A gente fala que se ama pelo MSN. Pessoalmente a gente nem se conhece muito bem!

O FIM[2]

No relato anterior (e em todos os outros), a mãe da Rebecca, a Rebecca e a família toda da Rebecca pressionaram o Lucas para que ele fosse brincar na casa dela depois da aula. Não que ele precisasse ser pressionado para sentir vontade de brincar lá, porque para qualquer criança o lugar mais legal do mundo é a casa dos outros. Eu me lembro que, quando eu tinha a idade do Lucas, felicidade era brincar na casa da vizinha, com os brinquedos da vizinha e, de preferência, sem a pentelha da vizinha. Felicidade plena era dormir na casa da vizinha ou de qualquer coleguinha da minha escola.

Na segunda-feira, combinei tudo com a mãe da Rebecca: ela o pegaria depois da aula na terça-feira e ele passaria a tarde toda lá.

No dia seguinte, cada uma de nós cumpriu a sua parte e, às 18h30, pontualmente, eu toquei o interfone para chamá-lo. O prédio onde a Rebecca mora é bem próximo ao meu, mas bem diferente do meu. O dela é daqueles novinhos em folha, com o pé direito altíssimo (e o pé esquerdo mais alto ainda), e apartamentos com metros quadrados a perder de vista. Um prédio típico dos últimos anos aqui na Pompeia, que tem dividido o bairro em dois: os multimilionários da elite e os favelados da classe média. Eu estou no grupo dos jornalistas, logo abaixo.

Já estava quase subindo para acertar o compromisso definitivo entre Lucas e Rebecca, mas os dois desceram e a Rebecca ficou olhando-o até perdê-lo de vista.

❖

A princípio, o Lucas não queria dar muitos detalhes de como tinha sido a tarde na casa dela. Até achei que ele tivesse crescido e nunca mais fosse me contar nada, mas, em casa, ele acabou confessando:

— Foi legal...

Assim, meio xoxo, nada muito empolgante.

— Só legal?

— Ah, brincamos bastante. O prédio é bem legal: tem quadra, salão de jogos, piscina. Um menino chamado Lucas acertou uma bolada na minha cabeça que doeu muito.

— E a família dela? Conheceu o pai dela?

— Conheci. Ele foi bem legal e ele é corinthiano também.

— O que você almoçou? – minha mãe fez uma típica pergunta de avó.

— Arroz, feijão e carne.

— Só?!? – minha mãe fez uma típica expressão de avó.

❖

Desde que esta história começou, no início de fevereiro, eu tenho pensado bastante em todos os relacionamentos que já tive e no meu atual também. Meus acertos e meus erros, principalmente, para procurar não repeti-los. No amor, a gente é bem feliz, mas a gente sofre e faz o outro sofrer.

Soa engraçado dizer que um namorico de crianças de 8 anos, que é mais uma brincadeira do que qualquer outra coisa, tem me feito refletir sobre o meu desempenho amoroso ao longo do tempo, mas é verdade. Deve ser porque fica tudo mais claro quando a gente vê de fora.

Quando um amigo ou uma amiga vem nos contar sobre seu relacionamento, procurando uma palavra de consolo, um conselho, um colo, quase sempre a gente sabe o que dizer. Porque a gente olha de longe, busca um dos nossos exemplos, daquilo que a gente já ouviu falar, de toda a nossa pouca ou vasta experiência. Mas aí, quando o café acaba e a gente se despede, nós vamos embora para casa e continuamos a viver as nossas vidas, os nossos problemas, as nossas complicações, as nossas histórias. E voltamos a tropeçar nas nossas próprias cagadas.

Com o filho é diferente. A gente acompanha tudo do começo, mesmo quando eles não contam para a gente. É um sorriso diferente que denuncia, um coração que bate mais forte a ponto de a gente escutar, uma lágrima que marcou o travesseiro e ele nem percebeu. Quando o café acaba, a história continua ali dentro de casa. No começo, no meio e no fim. Se é feliz, é feliz. Se é triste, é triste. A gente supera na mesma intensidade e no mesmo tempo que eles (e estou preparada para viver assim todos os meus próximos anos de mãe do Lucas). E a gente quase nunca sabe o que dizer.

Deve ser isso o que nos faz pensar.

❖

Se eu tivesse que apostar todas as minhas fichas em algo que eu acreditasse que seria para sempre, certamente eu não teria apostado no relacionamento do Lucas e da Rebecca, por três motivos:

a. Triste é aquele que só tem uma namorada em toda a vida;

b. Se o Lucas puxou a mim, 98% dos relacionamentos dele durarão de zero a três meses;

c. Os capítulos anteriores e este daqui.

Nestes sete capítulos, a Rebecca já ligou 17 vezes por dia em casa, já beijou o Enzo debaixo da escada, já ficou uma semana sem ligar, o Lucas já achou que tivesse terminado o namoro com o olhar, o Lucas voltou a namorar também com o olhar, enfim, não me parecia nada muito estável. As crianças não são muito estáveis e não devem ser, porque são crianças. Ou melhor, o ser humano não é muito estável, mas as crianças me parecem um exemplo perfeito para isto: se naquele momento ela é muito feliz porque ganhou um chocolate, dali a cinco minutos ela será muito infeliz porque só vai poder comer o chocolate depois do jantar.

Mas as crianças também são muito intensas: quando ela ganha o chocolate, não há ninguém no mundo mais feliz do que ela.

Hoje, quando fui buscar o Lucas na escola, perguntei se ele não ia esperar pela Rebecca, pela Olga e pela mãe para caminharmos todos juntos, como sempre fazemos.

— Ela terminou comigo.

Como assim?

— Por que, Lu?

— Não sei. Ela não quis falar, mas acho que deve querer namorar outro.

— E você está bem?

— Estou.

Mas ele não estava. Estava confuso e triste porque ontem ele dormiu mais apaixonado e mais feliz depois de entrar um pouco mais na vida da Rebecca e hoje tudo aquilo ruiu.

Eu estava ainda mais confusa. Como é que alguém era capaz de terminar com o Lucas? O menino mais lindo, mais inteligente e mais simpático da classe? Da escola? Do bairro? Da cidade? Do Brasil? Do planeta?

— É uma tonta!

— Mãe, não fale assim dela! Ela é a minha ex-namorada e você tem que tratá-la bem!

Eles ficam sempre do lado delas e contra as mães, mesmo quando são pequeninos?

— Ué, eu estou te defendendo. Se ela terminou contigo, que é lindo, inteligente e simpático, ela é tonta. Agora, se você brigar com a mamãe para defendê-la, o tonto é você.

— Mãe, não me chama de tonto. Eu já estou muito triste.

Ok, a tonta sou eu. Foi bom eu ter aprendido cedo que, se não tenho nada para dizer, é melhor ficar quieta.

Eu me abaixei na rua e fiquei do tamanho dele. Abracei forte o Lucas e disse:

— Quer mudar de assunto ou quer conversar sobre isso?

— Como está tudo no seu trabalho?

E descemos conversando sobre jornalismo, terceiro setor, educação e tecnologia. Porque, às vezes, qualquer assunto é melhor do que pensar naquilo que dói.

※

No fim de cada um dos meus relacionamentos, eu tive uma atitude diferente. Já quis mudar de assunto, já chorei até secar, já bebi até cair, já fui dura que nem pedra. Já me isolei e já procurei a ajuda de todos os amigos que eu tenho.

Mas era dentro da minha casa que as histórias nasciam e morriam. Por isso, este capítulo é dedicado aos meus pais, que me deram colo independente dos meus acertos e dos meus erros. Mesmo quando também doía igualmente neles, mesmo quando não sabiam o que dizer.

AMOR & ÓDIO

Sempre soube que ódio e amor andam de mãos dadas e que o oposto dos dois é a completa indiferença. Veja bem, não que quem odeia é porque, na verdade, ama. Essa psicologia reversa não funciona nem na infância. Quem odeia, odeia. Quem ama, ama. Mas quem odeia, certamente, já amou.

Desci a rua de mãos dadas com o Lucas:

— Mãe, você não sabe quem nunca mais me olhou na cara.

Mas eu já sabia.

— Quem, Lucas?

— A Rebecca.

— Por que, Lucas?

— Não sei, mãe. Desde que ela terminou, ela nunca mais me deu nem "oi".

— Pergunta para ela o que aconteceu, então. O porquê de vocês não poderem nem ser amigos.

— Aí que ela vai ficar ainda mais brava comigo.

— Olha, Lucas, eu sei que você já brigou comigo porque eu disse isso, mas não posso deixar de falar: ela é mesmo uma tontinha.

— Mãe, esse período já passou. Agora você pode xingá-la à vontade.

UM (UM SÓ?!) NOVO AMOR

Um dia. Foi o tempo que fiquei longe do Lucas e, quando fui buscá-lo na escola, no dia seguinte, ele veio me contar que estava namorando de novo.

— Estou namorando de novo, mãe!

— Quem, filho?

— A Sophia.

Eu nunca tinha visto a cara da Sophia, mas já tinha ouvido falar bastante dela. Eles eram amigos, às vezes melhores amigos. Um sentava do lado do outro na classe, ele já tinha quebrado a garrafinha de água dela. Sem querer, é verdade, mas ela brigou feio com ele. Aliás, ela ralhava com ele quase todos os dias.

E, assim, o Lucas se apaixonou novamente.

∴

No período da entressafra, pós Rebecca e antes da Sophia, o Lucas continuou por cima da carne seca. Ele não namorou ninguém, é verdade, nem ficou, nem pegou na mão, nem comprou merenda na cantina para alguém, mas todos os dias ele chegava em casa com uma nova melhor amiga. A Morgana continuou uma paixão platônica, e teve a Bruna e teve a Nicole.

A Nicole, inclusive, é que era apaixonada por ele (e ainda é).

— Mãe, tem uma menina na minha classe que corre atrás de mim durante o recreio todo.

— Para quê?

— ~~Paraguaio!~~

— Quer me bater, quer me pegar, sei lá...

— Quer ser sua amiga, Lucas.

E era mais. Ele ficou sabendo, por uma amiga da amiga da amiga da Nicole, que ela gostava dele desde o primeiro dia de aula. E passou a ignorá-la por conta da vergonha. Desde criança, relacionamentos são repetições dos mesmos erros: a gente gosta de quem não gosta da gente e ignora quem corre atrás da gente no recreio.

— Lucas, você precisa tratar a Nicole bem.

— Mas, mãe, eu não quero namorar com ela.

— Não precisa namorar com ela, oras bolas. Tratar bem significa respeitar seus sentimentos, não correspondê-los. Seja amigo dela. A Nicole deve ser uma das meninas mais legais da sua classe, afinal, ela te acha um menino bacana. É por isso que gosta de você.

Por que, Deus, a gente não entende desde pequeno que é tão mais fácil ser legal do que ser escroto?

❖

Na quinta-feira, dia seguinte ao que o Lucas me contou que namorava a Sophia, ele quis acordar mais cedo para tomar banho antes de ir à aula. Ele nunca faz isso porque o mais lógico é dar-lhe banho após a aula, quando ele volta para casa digno de ser recolhido pelo caminhão de lixo. Mas ele acordou mais cedo, tomou banho, passou desodorante (?!) naquelas axilas peladas, perfume infantil do Boticário, escovou os dentes, usou fio dental e quase engoliu o antisséptico bucal.

Foi feliz e saltitante para a escola e, quando chegou, a Rebecca estava bem na porta, esperando-o. Estranhei porque, desde que eles terminaram, a Rebecca passou a ignorá-lo solenemente.

— Ele chegou! Ele chegou! — e saiu correndo, gritando para avisar a todas as meninas que o Lucas tinha chegado à escola. E todas elas, sem exceção, rodearam uma menina de olhos verdes, rabo de cavalo, magrinha e bem bonitinha, como se ela fosse a noiva do dia.

O Lucas passou reto e disse que ia tomar uma água, embora eu desconfie que ele tenha cavado um buraco no chão para se enterrar.

Foi assim que eu descobri quem era a minha nora.

❖

Na sexta-feira era aniversário da Nicole. O Lucas tinha recebido o convite no começo da semana e eu ainda não tinha comprado o presente. Fim de mês e eu juro que pensei em mandar uma foto do meu filho para economizar uma graninha. Ela ficaria feliz, eu ficaria feliz e o Lucas me mataria a pauladas na adolescência.

Na quinta à noite, desci ali nas Lojas Americanas com meu filho para comprar um DVD. Achei aquele *Lucas – um intruso no formigueiro* e deduzi que seria genial se o Lucas entregasse um filme com seu nome.

— Mãe! Tá louca?! Aí é que a menina não vai me tirar da cabeça.

Compramos o *Ratatouille*, que também é uma boa pedida porque passa a mensagem de que qualquer um pode cozinhar, enfim.

— Estou em um dilema. Não sei como vou fazer para entregar este presente, mãe.

— Lucas, te digo como: você chega na escola, estende os braços na frente dela, diz parabéns e entrega o pacotinho. É uma receita simples, mas que dá certo há milhares de anos.

— Acho que vou colocar debaixo da mesa dela.

— Que coisa mais antipática!

Acho que ele mal dormiu por conta do dilema. No dia seguinte, bem cedo, foi para a escola meio inquieto.

— Na hora de cantar os parabéns, vou dar um jeito de ir ao banheiro fazer xixi.

— Por que isso agora, Lucas?!

— Porque será a hora do temível "Com quem será?".

— E daí?

— Mãe, e daí que eu não vou me casar com a Nicole!

— Muito bom saber. Finge então que não é com você.

(...)

Na saída da escola:

— E aí, Lu?! Entregou direitinho o presente?

— Entreguei sim, mãe.

— Cantaram o "Com quem será?"?

— Cantaram.

— Falaram que seria com você?

— ...Sim.

— Fingiu que não era com você?

— ...Sim. Mas, sabe, mãe, teve até um lado bom. A Sophia morreu de ciúmes.

⁘

Tem mais alguém aí torcendo pela Nicole?

VERGONHA ALHEIA

Ontem:

— E aí, Lu?! Como foi hoje na escola?

— Ah, é, mãe. Esqueci de te falar: a Sophia terminou comigo.

— Ãhm?

— É, mãe.

Agora ele estava rindo.

— É mentira ou é verdade?

— É verdade. Ela pediu para a Rebecca vir falar comigo.

Justo a Rebecca? Eu estava atônita. Claro que não esperava um futuro todo pela frente, piqueniques em família no parque aos domingos e netos de olhos claros. Talvez um namorico que durasse mais do que um capítulo de um livro.

Fiquei sem saber o que dizer.

— Lucas... O que significa tudo isso?

— Significa que no próximo sábado a Sophia não vai em casa e estou livre para passar o dia no clube contigo.

Fim de namoro é que nem parto normal, acho. O primeiro é sempre o mais demorado, o mais dolorido, o mais entalado, o mais cabeçudo, o mais difícil na hora de sair. Os próximos, escorregam.

O pior é que eu tive o Lucas de cesárea.

∴

— Mãe, o mais importante é que eu descobri por que a Rebecca terminou comigo. Ela me contou quando foi terminar o namoro que eu tinha com a Sophia.

— Por quê?

— Porque a mãe dela não quis mais o nosso namoro.

E a falsa conversando comigo todo dia na porta da escola. Malditas sogras.

RABO PRESO

Outro dia vi a Nicole na porta da escola. Linda, com os cabelos cacheados até a bunda, brincando com os meninos. É o tipo de menina por quem qualquer menininho se apaixonaria, principalmente porque ela é legal a ponto de brincar com os meninos de 8 anos suas brincadeiras idiotas. Eles se chutam, se batem, se arrebentam, dão tapas na cabeça um do outro e só querem saber de guerrinha, cuspe, caca, xingamento e escatologias. De certa forma, é por isso que me dou bem sendo mãe de um menino e adoraria ter uma Nicole.

Eu brincava com os meninos e, até criar peitinhos, fui solenemente ignorada por todos. O foda é que criei peitinhos só lá pela oitava série.

— A Nicole é bonita, Lucas.

— Não é. E eu não gosto dela.

— Por que não gosta dela?

— Porque ela gosta de mim.

Embora faça bastante sentido, eu sabia que não era só isso. Não podia ser. Até que, por esses dias, eu cheguei para buscar o Lucas e a Nicole estava lá, com um rabo de cavalo de lado.

— *Só gata!*

Veja bem, este penteado já não era aconselhável nos anos 80 nem para crianças. Seria o equivalente àquele penteado dos anos 90 em que homens e mulheres, indiscriminadamente, raspavam a cabeça e deixavam um topetinho, lembram? E é o equivalente a usar o cabelo do Neymar nos anos 2000.

— *Só gata!*

❖

O Lucas não sabe explicar muito bem por que ele não gosta da Nicole, mas agora para mim tudo faz sentido. Lembro vagamente que quando ele conheceu a pobre garota, me disse que tinha uma menina na classe dele com...

— ...Uma espécie de topetinho, mãe. Não sei explicar mesmo.

Ninguém sabe, meu filho. Nem a Xuxa sabia.

❖

NOTA MENTAL: Mamãe costumava fazer esse rabo de cavalo de lado em mim na época das ombreiras, polainas e pochetes. Ela jura de pé junto que era eu quem pedia o penteado, mas me lembro de sofrer retaliações. Jamais pediria.

Olhando agora o dilema de Nicole, com meus cabelos longos e soltos, culpo um pouco a minha mãe por ter atrasado pelo menos em 10 anos a minha vida sexual. Quer dizer, não culpo, não. Não fosse este rabo de cavalo de lado, eu teria tido o Lucas com 9 anos.

CÓDIGO DE CONDUTA ENTRE AMIGOS

Hoje o Lucas saiu da escola e disse que tinha uma boa notícia:

— A Nicole me odeia!

Acho que na cabeça do Lucas, se ele não gosta da menina, é preferível que ela o odeie a que o ame. Assim, ele se livra do peso na consciência por não lhe corresponder e deixar a pobre sofrendo pelos cantos (embora eu sempre tenha visto a Nicole feliz da vida, brincando com os meninos).

Sinto que daqui a alguns anos, já na adolescência, o Lucas se arrependerá amargamente de nunca ter dado bola para a Nicole, porque tenho certeza de que aos 18 será um baita mulherão. E gente fina. Mas não adianta falar tudo isso para ele, porque acho que nem nessa idade a gente manda nas nossas vontades.

❖

Eu devo ter comentado aqui, nos outros capítulos, que a Rebecca tem uma irmã gêmea. Isso a transforma em uma vilã clássica de novela, porque a Olga, a outra gêmea, é superlegal.

Sempre vi que o Lucas se dava melhor com a Olga quando voltávamos todos juntos da escola. Ele ia de duplinha com a gêmea boa, conversando sobre computadores e videogame, e a gêmea má ficava pra trás, provavelmente arquitetando um plano maquiavélico para beijar outros meninos debaixo da escada.

Quando a Rebecca terminou com o Lucas, ela espalhou um boato para todo mundo de que meu filho tinha falado mal da Olga e, assim, a amizade dos dois terminou por alguns meses. O Lucas perdeu o namoro com a Rebecca e a amizade da Olga em uma única tacada.

O tempo passou e ele se aproximou novamente da Rebecca, como foi contado aqui, também em capítulos anteriores. O mal entendido foi desfeito e o Lucas, que nunca tinha falado mal da pequena Olga, retomou a amizade com a gêmea boa. Praticamente um Tonho da Lua (Atenção: essa piada é somente para pessoas nascidas até o ano de 1986. Leitores nascidos na década de 90, ~~morram!~~ procurem no Google).

❖

Durante esse meio-tempo, o Lucas arranjou um melhor amigo na escola: o Felipe. No começo ele não gostava muito desse moleque porque ele era um fanfarrão que mandava beijinho para os meninos. Aí sofria *bullying* na escola, era chamada de viado etc. E Lucas também, porque era chamado de gay junto, então ele tendia a não andar com o menino.

Aí eu expliquei para o Lucas que isso era uma tremenda bobagem, que ele precisava deixar os cretinos que xingavam ele e o Felipe para lá, que mandar beijinho para os amigos não queria dizer nada e que, se quisesse, quem se importa?

Na vida todo mundo precisa de um melhor amigo gay. Todo mundo. Eu e meu melhor amigo gay, por exemplo, nós experimentamos roupas, nós paqueramos outros homens juntos, ele sabe o nome de todas as cores terciárias, me dá dicas de moda e me conta todas as fofocas do mundo das celebridades. Um melhor amigo gay é praticamente uma revista *Contigo* falante. Isso é meio mentira, meio verdade, e não é por isso que ele é meu melhor amigo, nem pelo fato de ser gay, mas sim porque é uma das pessoas mais incríveis do mundo e Lucas convive com ele desde pequenininho.

Foi então que o Felipe se tornou o seu melhor amigo. E veio com a novidade:

– A Olga está namorando o Felipe Correia, mãe!

– Que legal, Lucas!

– Não é, não.

– Por quê?

– Porque acho que gosto da Olga.

Veja bem, todo um enredo de novela, não?!

❖

Lembra de um tempo em que a maior preocupação das mães era contar para os filhos de onde vinham os bebês? Eu me preparei durante os oito anos do Lucas para ter esse papo com ele, mas ele nunca me perguntou. Acho até que essa geração é tão boa de lógica que eles deduzem sozinhos. "Existe a mamãe, existe o papai e é lógico que eles dormiram pelados para eu nascer".

Aí hoje, com um filho de 8 anos, eu tenho que explicar assuntos muito mais complexos, como o Código de Conduta entre Amigos.

— Filho, você não pode gostar da namorada do seu melhor amigo.

— Por quê?

— Porque o seu melhor amigo vai deixar de ser o seu amigo. Ele vai passar de seu melhor amigo para pior inimigo.

— Mas e se eu contar para a Olga que gosto dela? Ela vai poder escolher entre nós dois.

— Isso é errado, Lucas. Ela já escolheu o Felipe e você não tem o direito de atrapalhar essa relação.

Neste momento, eu queria que soasse o alarme de incêndio do prédio, mas meu prédio não tem alarme de incêndio.

— Acho que vou contar para ela.

— Lucas, é o seguinte: se você fizer isso, o Felipe vai te encher de pancada. E aí você vai chegar em casa chorando, sem namorada, sem amigo, e com um olho roxo.

Porque o Código de Conduta entre Amigos também tem suas letrinhas de rodapé.

⁂

Hoje o Lucas veio me contar que a Olga terminou com o Felipe Correia.

— Você falou alguma coisa para ela?

— Não, nada. Ela terminou com ele porque quis. Aliás, mãe, por que é que são as meninas que sempre terminam?

Taí uma resposta que não sei.

DR

Dizem que futebol, política e religião não se discutem. Já eu acho que o que não se discute é relacionamento. Não há nada mais chato, mais desgastante e mais insuportável do que discutir a relação. Aliás, há sim: discutir uma relação que já acabou.

※

Eu, por exemplo. Quase 100% dos namoros que eu tive foram por água abaixo por discutir a relação. No último, tudo era motivo de debate: frio, calor, taças de vidro, dor de cabeça, viagem de férias, cor da toalha, sal demais na comida, capítulo de novela. A gente saía do cinema, ia comentar o filme e barabin barabum! Dois minutos depois estávamos nos matando, mesmo se ambos concordassem que o filme tinha sido uma merda. E a discussão prosseguia até por SMS. Porque, veja bem, as pessoas só são ligeiramente parecidas. Todo mundo é diferente. Corpo, alma, cabeça, criação, pensamento, visão de mundo. Para que discutir?

Aí eu adotei a velha máxima "prefiro ser feliz a ter razão" e barabin barabum! Já são quase nove meses de namoro agora e nenhuma grande briga.

※

Só que me esqueci de ensinar isso para o Lucas. Nem sei se é algo que a mãe ensina ou que a gente aprende cabeçando, perdendo, se estrepando, se engalfinhando. Mas eu podia ter dado uma forcinha porque, vira e mexe, ele discute a relação com a Rebecca. E já faz ~~anos~~ meses que eles terminaram.

Dia desses, a Sophia contou um segredo para o Lucas:

— A Rebecca ainda gosta de você.

Ele soltou um sorriso triunfante (isso tudo ele me contou) e perguntou para ela:

— Posso contar para ela que eu sei?

— Pode, mas só para ela.

E assim foi feito:

— Rebecca, eu sei que você gosta de mim. A Sophia me contou.

Resultado: a Rebecca começou a chorar, puta da vida com o Lucas. E a Sophia começou a chorar, mais puta da vida ainda com o Lucas.

Vai entender!

∴

Nesse dia, na saída da escola, o Lucas me contou o que aconteceu e eu disse que ele tinha sido arrogante. Que "a vingança nunca é plena, mata a alma e envenena", conforme aprendi com o Seu Madruga.

Então ele escreveu um e-mail de desculpas para a Rebecca. Eu já tinha me esquecido disso, até que hoje ele me mostrou:

> *Date: Tue, 25 May 2010 18:37:58 —0300*
> *Subject: desculpas*
> *From: lucas*
> *To: rebecca*
>
> *Oi Rebecca*
> *Me desculpe anteontem na aula, a sophia me cntou e eu perguntei para ela.*
> *— Shopjia eu posso falar para a rebecca o segredo que vc me contou?*
> *— Pode sim, lucas!*
> *E depois eu contei e vocês começaram a chorar. Vc brava com a Sophia e a Sophia brava comigo. Entendeu?*
>
> *Beijos*
> *Lucas*
> *me desculpe*

Um mês depois, a Rebecca respondeu:

> *Em 27 de junho de 2010 14:16, Rebecca escreveu:*
>
> *Tudo bem lucas mas fique sabendo que (nada disso é verdade acredite eu não curto vc e vc quando foi a minha casa vc se comportou muuuuuito mau eu tinha arrumado o meu armário aquela semana e vc bagunsou odo o meu armário e esqueceu a sua lancheira no meu carro tomara que vc fale tudo o que v fez na minha casa para a sua mãe tabom!!!!!!)*

Mistério todo revelado! A Rebecca terminou com ele porque ele "bagunsou" todo o armário e esqueceu a lancheira no carro dela! Pé na bunda qualificado por motivo fútil.

> Date: Tue, 29 Jun 2010 12:53:42 —0300
> Subject: Re: desculpas
> From: lucas
> To: rebecca
>
> Rebecca vc tambem fez bacunssa
> lucas

A Rebecca tem cara de que faz "bacunssa".

> Em 29 de junho de 2010 17:25, Rebecca escreveu:
>
> Para eu te desculpar de verdade vc precisa fazer tudo mundo se enquecer dessa história!

Está definitivamente provado: mulheres são ardilosas. E homens são burros. Fazendo uma pequena retrospectiva, a Rebecca deixou o Lucas apaixonado, beijou o Enzo debaixo da escada, chamou o Lucas para ir à casa dela, terminou com ele no dia seguinte porque ele esqueceu a lancheira dele no carro e bagunçou um armário. Agora quer que ele peça desculpas (!) porque a Sophia contou que ela gosta dele e só vai perdoá-lo depois que ele convencer todo mundo de que é ele o otário dessa história.

É isso que dá discutir a relação, e uma relação que nem existe mais, ainda por cima! Já dizia minha santa mamãezinha: bosta, quanto mais mexe, mais fede.

DAS VERDADES ABSOLUTAS

— Hoje a Sophia chorou muito, muito mesmo na escola.

Para quem não lembra, Sophia é uma das 500 ex-namoradas do Lucas, mais especificamente aquela com quem o namoro durou apenas um diazinho.

— Por quê, Lu? Alguém fez alguma coisa pra ela?

— Não, mãe. Ela tem uma régua elétrica que faz contas.

— Elétrica não, filho. É a pilha.

— Então, aí ela perdeu uma partezinha lá da régua e não conseguia fazer mais contas. Se desesperou e começou a chorar. Não parava mais.

— E você? Tentou acalmá-la?

— Ah, eu tentei ajudar ela a achar. A professora disse que quem levantasse a bunda da cadeira e falasse, ia levar pra casa lição de matemática.

— O que você fez?

— Mãe, você sempre me ensinou que a gente tem que ser gentil e solidário, ainda mais se tratando de uma mulher. Então logicamente eu me abaixei para procurar a régua da Sophia. Achei e ela ficou toda feliz. Agora, dá licença que eu vou lá fazer a lição.

— Mãe, que tipo de sujeito ia preferir ajudar e ter que fazer lição de matemática?

DAS NORAS E DAS NOTAS

De julho até o começo de dezembro, eu fui sogra de mais de umas dez meninas diferentes. Até com a Nicole o Lucas namorou. Toda vez que eu chegava na porta da escola para apanhar meu filhote, lá vinha ela toda sorridente para me dar um beijinho.

De uma forma inconsciente, creio eu, a Nicole é muito esperta. Porque tem uma época na vida das mães em que elas se sentem felizes apenas com o fato de ver seus filhos sendo agradados. Sabe aquela velha máxima: "Adoça a boca do meu filho que você adoça a minha boca"? Mas isso é só uma época. Depois chega uma hora que a gente se lembra que não é só mãe e que precisa, sim, ser agradada também. Deve coincidir com a época em que os nossos filhos começam a namorar, porque não basta ser linda, ser inteligente e fazer o seu filho feliz: a namorada dele vai precisar ser legal contigo.

Diferente de todas as outras garotas da escola, a Nicole é legal comigo. Não que as outras meninas me tratem mal ou sejam grosseiras, mas a Nicole tem um jeito natural de ser bacana. O sorriso não é forçado e as palavras não são decoradas. E eu percebi isso antes de qualquer sorriso e de qualquer aceno. Sei que todas as outras garotas ainda vão aprender a ser noras – do mesmo jeito que eu aprenderei a ser sogra de verdade –, mas acredito que a gente aprende a tratar as pessoas desde pequenininhas.

Por exemplo, às vezes, em casa, o Lucas é respondão à beça. Faz parte da maldita intimidade de um filho com a mãe, de um neto com os avós. Tem dias que ele acorda de ovo virado e não quer comer tudo, ou tomar banho naquele momento, ou dormir no horário, ou deixar de brincar para estudar. E, como todo ser humano normal, ele responde mal para a gente. Mas na rua é diferente. Por maior que seja o mau humor, ele nunca deixou de responder o "bom dia" das senhorinhas do prédio, nunca deixou de cumprimentar o porteiro, de segurar a porta do elevador para os outros, de tratar bem a quem quer que seja. Por mais merda que estivesse o dia dele. Porque isso não significa ser falso, significa ser educado.

Mas esse é o capítulo de uma história de amor, não o capítulo de um relacionamento cordial entre crianças e porteiros. E em relacionamentos, as coisas funcionam de uma forma diferente. A convivência é maior, é diária – ou quase –, se dá em festas de família, em comemorações de fim de ano. E se você não tem a sorte de o seu filho se apaixonar por uma Nicole, você tá fodida. Ou deve estar. Porque até agora isso é uma coisa que eu ainda não descobri. Eu só estive do outro lado e nem sempre tive a sorte de encontrar uma Leonor como sogra.

De modo geral, minhas sogras foram bem legais. A mãe do meu atual, então, me manda mensagem, me liga, faz torta de banana quando vou lá e conversamos por horas. Mas nem sempre foi assim, já me deparei com situações em que eu não ia com a cara da pessoa, com ou sem motivo, e aí minhas palavras e meus sorrisos não eram tão naturais quanto os que eu recebo da Nicole na porta da escola. E nem por isso eles deixavam de rolar, porque se tem uma coisa que eu sou, é educada. Ninguém é obrigado a gostar de ninguém, mas é preciso saber conviver.

Quando a gente se apaixona e pula de cabeça em uma relação – e eu quase sempre pulo de cabeça nas relações (apesar de estatelar o cucuruto no fundo de uma piscina rasa na maior parte das vezes) –, nunca o faz pensando em terminar. A gente sonha com viagens, com os filhos, com crediário nas Casas Bahia para comprar os móveis, com uma casinha branca com ou sem varanda. E não ter uma boa relação com a família de quem você ama significa não pagar nem a primeira prestação do seu crediário.

É por isso que eu torço por uma Nicole na vida do Lucas – seja aquela menininha de cabelos longos e sorriso sincero na porta da escola, seja qualquer outra.

COM QUEM SERÁ?

Vou tentar escrever alguns episódios dos quais me lembro das cerca de 10 namoradas do Lucas nos últimos seis meses.

• NICOLE

Desde o primeiro dia de aula, a Nicole gosta do Lucas. Foi de graça, sem motivo, ela olhou para aqueles olhos grandes, esverdeados, e catapimba! O pobre coraçãozinho da Nicole bateu mais forte. Pobre porque o Lucas – e talvez toda a humanidade – tem um perfil boboca de admirar quem é popular, quem é o melhor nos esportes, quem desafia a inspetora de aluno. E a Nicole não é bem assim. Ela tem um cabelão encaracolado até a bunda, ela usa roupas modernas, ela joga bola com os meninos na hora da saída. Ou seja, ela faria um tremendo sucesso se tivesse 26 anos e andasse com os meus amigos. Mas ela tem só 8.

Um dia, ela ficou sabendo que eu era a mãe do Lucas e, nesse mesmo dia, ela passou a me cumprimentar como se eu fosse a melhor amiga dela de infância. Mas isso não fez com que o Lucas olhasse para ela diferente, porque o ditado não é: "Adoça a boca da minha mãe que você adoça a minha boca".

Até que, um belo dia, fui buscá-lo na escola e ele me disse que estava namorando a Nicole. Eu acho que só sorri, mas pode ser que eu tenha dado gritinhos e um soco no ar, como se tivesse marcado um gol. E já alerto que isso é um péssimo negócio, porque filhos parece que sentem repulsa pela "nora que a mamãe sempre sonhou". Se você quer que o seu filho fique com determinada pessoa, não demonstre que gosta dela a princípio, até ele se apaixonar perdidamente.

— Mas é puro fingimento, mãe. Eu disse que namoro a Nicole pra ver se ela para de me encher o saco e para de dizer que gosta de mim.

Tem quem concorde com o Lucas: bastou entrar em um relacionamento e passar a conviver para tudo degringolar e a gente parar de dizer que gosta do namorado. Mas, na parte do "pra ver se ela para de me encher o saco", ele se enganou redondamente. Ninguém enche mais o saco do que um/uma namorado/a.

Era um plano ardiloso e meu coração ficou em cacos. Como ele podia ser tão canalha com alguém?

— Lucas! Você não pode fazer isso com alguém, filho! Você não pode fingir que gosta de alguém e alimentar esperanças. E o que ela sente por você?

Se ele falasse palavrão, ele diria "foda-se", mas não foi assim que eu lhe ensinei. Há de se respeitar — e mais! há de se admirar e valorizar e... — o que as pessoas sentem de bom pela gente.

— Tá bom, mãe. Amanhã eu falo com ela.

Mas, no dia seguinte, ele não teve coragem. Pensou que era pior que ela ficasse sem ele, acho. Só que nunca é. Até que um belo dia ela deve ter enchido o saco do Lucas e ficou mais fácil para ele terminar com ela.

❖

Meses depois, rolou um passeio da escola para um acampamento. Eles passariam só o dia em Mairiporã e voltariam no fim da tarde. No dia anterior ao passeio, fui buscar o Lucas e, na porta da escola, ele me avisou:

— Decidi: amanhã vou sentar no ônibus ao lado da Nicole...

Ela ouviu e abriu um supersorriso, de orelha a orelha.

— ...Porque não sobrou ninguém pra sentar do meu lado!

— Lucas!

Mas aí, naquele trânsito de São Paulo, naquela ida monótona para Mairiporã, naquela falta do que fazer, ele percebeu que a Nicole era divertida. E que ela tinha um bom papo e que ela falava sobre os desenhos de que ele gostava. E que ela era corinthiana! E que tinham coisas em comum. E ele voltou do passeio namorando a Nicole e agora era de verdade.

Foram algumas semanas de namoro, mas, um dia, a Nicole ficou doente e passou um tempo afastada, longe da escola. Isso foi fatal para o relacionamento, porque o que o Lucas sentia por ela não era assim tão avassalador. Nada que não pudesse ser trocado por um cruzamento de olhares no bebedouro com uma menina da 5ª série. Quinta série!

— Mãe, vou namorar uma mulher mais velha agora.

— O que aconteceu com a Nicole, Lucas?

— Não sei. Tá doente. Tá faltando há vários dias!

— Lucas, você não pode namorar uma menina namorando outra. Definitivamente, não pode!

— Por quê?

— Porque senão te coloco de castigo!

Se eu falasse todo aquele blá blá blá de que é antiético, de que não pode magoar o sentimento alheio, de que a roda da fortuna gira e um dia quem vai estar fodido é ele, talvez isso não desse tanto resultado quanto um castigo. Eu já desejei que as mães dos meus namorados colocassem seus filhos ainda crianças de castigo, ao menor sinal de uma canalhice. No dia seguinte, a Nicole terminou com ele. Porque deve ter trocado sorrisos, entre amoxicilinas e novalginas, no PS com outro doentinho.

• SOFIA 2

Então um dia ele voltou pra casa namorando a Sofia 2. E, em outro dia, ele estava puto, espumando, na porta da escola.

— Ah, mãe! A Sofia é uma chata! Uma cha-ta!

— Lucas, ela está do seu lado. Respeite a sua amiga.

— Ah, essa chata roubou o desenho que o André fez pra mim e eu terminei com ela! Não aguento mais ela!

Ele estava realmente bravo e fui descendo a rua com ele.

— É por isso que você só pode começar um namoro com alguém de que gosta muito! Porque aí não vai ser qualquer motivo besta que vai fazer você terminar com ela.

— Mas, mãe, no começo eu gostava muito da Sofia.

— No começo? Lucas, hoje é quarta! Você começou a namorar na segunda! Ainda tá no começo.

— Então, na segunda eu gostava dela!

• REBECCA E SOFIA 1

Não, o Lucas não retomou o namoro com nenhuma das duas, mas aconteceu uma coisa que me mostrou como você sempre deve dar valor apenas pra quem gosta de você — e como você deve sempre tratar bem as mulheres!

Foi chegando a época do Natal e um menino da escola ganhou o apelido de Papai Noel, por ser barrigudo. E, naturalmente, ele não curtiu o apelido. Mesmo assim, todo mundo o chamava de Papai Noel, até que a mãe dele foi reclamar na escola e a professora proibiu o apelido. O menino, então, disse para a professora que o Lucas continuava a chamar ele de Papai Noel e a professora mandou o Lucas para a coordenação. Ele ficou indignado porque jurava que não tinha xingado ninguém:

— Foi pura vingança! — ele disse.

Mas ele continuou tomando bronca e, como estava ali mesmo, tentou justificar sua ida à coordenação gritando com a coordenadora. Uma estupidez, porque a vingança é um prato que se come frio. Eu teria ouvido tudo quietinha e deixado a vida se vingar daquele Papai Noel.

Quando cheguei na porta da escola, a coordenadora e a professora me chamaram lá pra dentro pra explicar o ocorrido. Foi aí que, para engrossar o coro da bronca, colaram Rebecca e Sofia 1 do meu lado:

— Me explica uma coisa: por que o Lucas fala tanto? — disse a Sofia, com a mãozinha na cintura.

— Nossa, ele não para um minuto! — queixou-se Rebecca.

— É, na época que a gente namorava...

— Ei, ei, ei — eu falei mais alto — o guichê de reclamações de ex-namoradas só abre a partir das 14h.

Elas não entenderam muito bem, mas eu peguei minhas coisas e fui embora. Ex é ex, em qualquer idade.

• TODAS

Aí o Lucas fez 9 anos e, para comemorar, convidamos a classe inteira para cantar parabéns no salão do prédio. Nunca mais! Não só pelo fato de as crianças terem brincado no lixo do prédio e pulado no capô do carro de um dos moradores, mas porque todos os pais — que não tinham sido convidados — entraram e se aboletaram no salão de festas. E alguns só saíram de lá a uma hora da manhã. Mas esse post não é para me queixar de algo que me traumatizou profundamente.

Eu ia ao banheiro quando uma das mães me abordou:

— Oi, tudo bem? Você é a mãe do Lucas, né? Soube que nossos filhos namoraram, terminaram, e agora estão se acertando...

— Desculpa, você é a mãe de quem?

Eu tinha que perguntar.

— Da Sofia 2!

— Ahhh...

— Então, ela estava toda ansiosa pra essa festa! Disse que o Lucas perguntou se ela vinha e ela não deu certeza. Então ele falou: "Vai lá pra gente conversar...".

Gente, foi estratégia pra fazer a menina ir!

❖

Na hora dos Parabéns, aconteceu uma das coisas mais engraçadas de toda a minha vida: o "com quem será". Porque não há nada mais incerto do que a vida amorosa do Lucas, nem mesmo a minha.

— Rebeca!

— Olga!

— Sofia 1!

— Sofia 2!

— Nicole!

— Morgana!

— Thaísa!

— Joseane!

E por aí foi... Falaram uns 30 nomes.

Nasce um novo leitor

Lá em casa tem um monte de revista *Trip* e, como muitos devem saber, em toda edição há um peitinho de fora. Na sexta, o Luquinhas achou uma no quarto da minha mãe e me chamou lá:

— Mããe! Posso ler essa revista?

Eu bem vi que logo na capa a menina estava toda peladona, e pensei em não tratar aquilo como um demônio, porque senão meu filho poderia ser, em um futuro não muito distante, um daqueles blogueiros que acampam na Campus Party.

— Pode sim, Lucas — e fui pra sala.

Não deu 20 minutos, ele apareceu para buscar outra *Trip*, que estava em cima da mesa do computador, e voltou para o quarto da minha mãe.

— Lucas, onde você vai?

— Vou ler essa daqui agora. Aquela lá eu já li seis vezes!

∴

Contei essa para um amigo e ele disse:

— Ele tem 9 anos? Tá chegando na fase crítica! Espera até os 11, 12. Quando eu tinha essa idade, a Cássia Kiss era estrela de um comercial de câncer de mama. Ela fazia o autoexame e mostrava o peito na TV. Eu gravei o comercial e assistia 20 vezes por dia. Acabei com a fita!

Não tô preparada.

LUCAS X DONA MARICOTA

Sábado, na festinha de família, Dona Maricota (86) chamou a atenção do Lucas (3) com sua bengalinha e sua corcundinha de velhinha.

— Você tá veinha com sua bengainha, né, Dona Maicota?

— Tô sim, Lucas.

— Minha cachoia também tava veinha e morreu.

❖

COMPLEXO DE ÉDIPO

Todo menino que se preze é apaixonado pela mãe até os 8 anos e, depois dessa idade, morre de nojo de si mesmo por conta disso. O Lucas ainda tem 6 e, outro dia, ele me olhava embevecido. Resolvi retribuir o olhar:

— Ai, Lucas… Eu te amo tanto que poderia olhar o dia todo para você sem me cansar.

— Ai, mãe… E eu te amo tanto que eu poderia te beijar na boca por horas e horas sem me cansar.

Uma rodada de terapia para todo mundo.

FAZ SENTIDO

— Lucas, você é o menino mais bonito do mundo.

— Mãe, se eu fosse, eu estaria no *Guinness Book*.

CONVERSA MOLE

(...)

— Lucas, se um dia acontecer alguma coisa com a mamãe, com quem você vai querer morar? Com a vovó e o vovô ou com seu pai?

— Com o seu namorado.

— E sua avó e seu avô?

— Eles vão junto.

— E se o meu namorado casar de novo?

— Ué, aí moramos todos juntos com a mulher dele.

— Canalha! Vai me abandonar?

— Mas, mãe, você já morreu!

A VIDA DURA DE MÃE

Como nossos pais

Lembro que quando eu era bem pequena, com uns 4 ou 5 anos, eu achava a minha mãe a mulher mais bonita do mundo. Ela era realmente muito bonita (e ainda é), magra, com os cabelos longos, e aquela pinta no canto esquerdo da boca, igual à da Cindy Crawford. Eu olhava para ela e me perguntava por que ela não era modelo ou atriz de novela. E não entendia muito bem como alguém que podia ser modelo internacional tinha casado com o meu pai. Na época, ele já era mais gordo, narigudo e um pouco careca, mas minha mãe jurava que na juventude ele tinha sido lindo, magro, "parecido com o Antônio Fagundes".

Depois de um tempo, eu percebi que a minha mãe era bonita, sim, mas não poderia ter sido modelo internacional. Não tinha nada de exótico ou extraordinário em sua beleza. Ela era uma morena bonita, mas comum, daquela que a gente encontra na rua e não cai para trás, mas dá uma quebradinha no pescoço. Tipo eu, vai.

Era o meu olhar de admiração que transformava a minha mãe em uma *top model*, na namoradinha do Brasil, em uma super-heroína. Para mim, ela era a mulher mais bonita do mundo. E só para mim.

Aí entrei na pré-adolescência e troquei a admiração que eu tinha pelos meus pais por um punhado de amendoins. É assim que acontece: tão certo quanto nascer, crescer e morrer é passar por aquela fase em que a gente sente vergonha dos nossos pais a troco de nada. Eles continuam os mesmos pais dos tempos de criança, talvez com um ou dois cabelos brancos, três ou quatro quilos a mais, e com a paciência um pouco menor, mas são os mesmos. A gente é que muda. Um dia a gente dorme achando que a mãe poderia ser modelo internacional e, no dia seguinte, acorda pedindo para ela deixar a gente um quarteirão antes da escola.

❖

Pois aconteceu comigo. E duas vezes. No papel de filha e no papel de mãe, só que eu me esqueci de me preparar para isso enquanto mãe. Nem é o fim do mundo, eu sei, mas foi extremamente desconfortável quando o Lucas me pediu para não entrar na escola dele. A diferença é que ele foi sincero:

— Eu morro de vergonha porque você é muito nova e as pessoas da minha sala vão gritar de horror quando souberem que você é a minha mãe.

Imaginei uma criançada gritando de horror quando me visse e ri, mas depois fiquei pensando na ironia de tudo isso. Eu sentia vergonha da minha mãe e do meu pai porque os achava velhos demais e quadrados demais. E o Lucas sente vergonha porque eu sou nova demais, porque ele nasceu quando eu tinha só 19 anos.

Outro dia, o ouvi dizer no mercado para uma senhora que só havia perguntado o seu nome:

— Meu nome é Lucas, aquela ali é minha mãe, e você pode achar que ela é a minha irmã, mas ela engravidou com 18 e eu nasci quando ela tinha só 19 anos.

Ele já está careca de ver a cara de espanto das pessoas quando ele diz que eu sou sua mãe e se sente na obrigação de dar explicações. Então fiquei pensando que não adianta: você pode ser novo ou ser mais velho, o seu filho sempre vai sentir vergonha de você em um determinado momento da vida.

❖

Hoje eu fui até a porta da escola e fiquei esperando ele sair. Vi umas meninas pequeninas olhando para mim e comentando:

— Essa é que é a mãe do Lucas!

Até que uma correu em minha direção e disse:

— Você é que é a mãe do Lucas? Ele está te esperando na sala!

E eu entrei na classe do Lucas ansiosa e o vi todo atrapalhado, arrumando o material. Outras crianças ainda esperavam seus pais, possivelmente mais velhos do que eu.

— Essa que é a minha mãe, gente. – o Lucas anunciou, meio receoso.

— Mãe?! Achei que ela fosse sua irmã! – a Laura falou.

— Mãe!? Certeza que ela é sua mãe? – perguntou o Otávio.

— Certeza – o Lucas respondeu.

— Quantos anos você tem?

— Tenho 28 – respondi para a Laura.

— Ah, com essa idade já pode ter filho – ela me disse.

— Mas eu tive o Lucas aos 19 – achei melhor explicar, antes que o próprio Lucas tivesse que fazer todo o seu discurso.

— Nossa! Com 19? Deve ser legal ter uma mãe nova assim – disse a Laura, minha nova melhor amiga.

Depois, descendo a ladeira, o Lucas me disse:

— Ninguém gritou, mãe. Isso é ótimo. A minha vergonha passou.

Como não há nenhum motivo para sentirmos vergonha dos nossos pais, eu deixei ele imaginar que todo mundo ia ter um colapso quando eu entrasse em sua sala de aula e conhecesse os seus amigos. Só para ele ter um motivo. Eu já sabia que ninguém ia gritar.

❖

O legal de envelhecer é que um dia a gente volta a achar a nossa mãe a mulher mais bonita do mundo de novo – e volta a ser a mulher mais bonita do mundo para alguém.

Da vida (dura) de mãe

Para não dizer que só falo coisas boas do Lucas:

Ser mãe, às vezes, é algo totalmente superestimado. É, sim, a coisa mais bonita do mundo, o momento mágico do ser humano, o presente máximo de Deus para a mulher, o suprassumo da mãe natureza. Mas aquele papo de que tudo o que o filho faz é bonitinho é balela. Ba-le-la.

Eu até acho que a mãe é o único tipo de ser humano capaz de perdoar tudo. Quer dizer, o Lucas não matou nenhum coleguinha até agora por causa de figurinha, não roubou, não aplicou um golpe no governo, não mexeu no meu dinheiro e não me bateu (ok, um tapinha ou outro quando lhe neguei algum brinquedo aos 2 anos e meio de idade). O que eu quero dizer é que ele não cometeu nenhuma atrocidade ainda — e espero que nunca cometa —, então é bem fácil perdoar.

Ainda assim, nem tudo o que ele faz é lindo. Nem ele, nem qualquer filho de qualquer outra santa mãe. Nem a Virgem Maria achava que tudo o que Jesus fazia era lindo. Aposto que ela preferia que ele estivesse junto da família nos 80 natais seguintes a salvar a humanidade e morrer pregado na cruz aos 33 anos (credo, como eu estou religiosa!).

Toda mãe já começa metendo a mão na merda desde o primeiro dia. E espere até seu filho começar a comer alimentos perecíveis e sentar em cima do próprio cocô para ver se aquilo é bonitinho. Aí depois ele passa a se jogar no chão para pedir as coisas. E quando ele aprende a argumentar, é bonitinho até que você diga:

— Não ande descalço!

E ele responda:

— Por quê? Você está descalça.

Dá vontade de chorar quando ele joga um pote de Toddy no sofá, um pacote de queijo ralado no chão ou quando vem a conta do conserto da televisão que ele derrubou de cima do rack.

Até que chega a pré-adolescência e ele grita contigo, bate a porta na sua cara quando acorda de ovo virado, fica puto com dias quentes e putíssimo com dias frios. O tempo passa, mas, agora, na pré-adolescência, o seu filho faz todas as malcriações aprendidas nesses quase 9 anos. Se joga no chão, grita e sabe argumentar com muito mais afinco (estou passeando de capacete dentro de casa, esperando o Toddy ser arremessado na minha cara).

Quem escreveu o Estatuto da Criança e do Adolescente não tinha um filho entre 8 e 18 anos. Não é à toa que o A de adolescente forma o **ECA**. A pré-adolescência não é bonita e creio que é na adolescência que vou descobrir se mãe realmente é capaz de perdoar tudo.

❖

Alguém conhece algum desinibidor hormonal?! Socorro!

Parabéns para mim

No almoço em família para comemorar o meu aniversário, Lucas tece elogios à habilidade de seu pai no videogame:

— Ele ganharia de qualquer um aqui.

— Legal que você admira isso nele. E o que você admira na sua mãe?

Pensa, pensa, pensa:

— ...

— Você não consegue se lembrar de nada que admira na sua mãe?

— ...

— Eu, por exemplo, Lucas... Admiro o teu bigodinho — brincou o Rodrigo Macedo.

— Não me zoa, não, tio. Você é a pessoa de que mais gosto e a que mais admiro.

Tudo isso na minha frente.

Na

Minha

Frente.

Fiquei com aquela cara de cu.

— O que foi, mãe? Você sempre disse pra eu ser 100% honesto.

Suspendam os balões de aniversário e tragam logo as bebidas alcoólicas.

AS-SA-NHÁ-DÁ!

Ontem, uma senhora puxou papo com o Lucas dentro do ônibus:

— Aqui no Rio de Janeiro as meninas são todas assanhadas. Usam um biquíni bem pequenininho...

— A mamãe também usa um biquíni bem pequenininho!

❖

SOBRE OLHOS

O Daniel perguntou para o Lucas de quem ele tinha herdado aqueles olhos tão bonitos e grandes:

— Do meu pai!

— E da mamãe? O que você herdou?

— Ah! A bundinha...

❖

"UMA NAÇÃO SE FAZ COM HOMENS E LIVROS"

Em uma noite dessas, eu lia para o Lucas um livro novo antes de dormir. Aí ele sentiu aquele cheiro de página nova e disse:

— Nossa, mãe, esse livro cheira a mulher pelada.

METROSSEXUAL

Lucas se tornou um menino vaidoso. Gosta de sair bem arrumado, de cabelo penteado e com um perfume de criança nada exagerado. Ontem íamos ao shopping e eu o arrumei bem bonitinho. Quando ele chegou na sala, minha mãe foi logo elogiando:

— Lucas, como você está lindo!

— E posso ficar ainda melhor. Mãe, me traz uma gravata!

❖

SÉRIO, USEM CAMISINHA

— Mesmo com os fogos dos palmeirenses, consegui dormir muito rápido, mãe.

— Você herdou essa minha habilidade para dormir rápido, Lucas.

— Nossa! Será que vou herdar o ronco também?

Mães também podem namorar
(SPECIAL EDITION DE DIA DOS NAMORADOS)

Eu e o pai do Lucas namoramos por quase dois anos. Quando nosso filho era bem pequeno, com uns três meses, a gente se separou. Não chegamos a morar juntos, éramos muito novos, duros, confusos, mas foi como uma separação, e não um término de namoro comum, pois já havia um molequinho na jogada.

Depois disso, ele conheceu a Thaís, namoraram por 8 anos e se casaram no ano passado. Eu fiz o contrário: namorei vários caras, nunca me casei e acho que nunca vou casar. Calma, isso não é uma queixa desesperada de quem está desistindo da vida porque ainda está encalhada. Não casar é uma opção e estou muito feliz com ela, obrigada.

Parece que quando uma mulher se torna mãe solteira, ela tem a obrigação de passar o resto de seus dias procurando um marido. Um macho provedor que dê conta de gerenciar a família e de ensinar aos pequenos como é que se faz, como é que se vive. E mais: no imaginário coletivo, só um marido seria capaz de devolver a essa mãe solteira o gostinho de ser mulher, de passar pelos carros se olhando nas janelas e se sentir desejada novamente.

Veja, esse também não é um texto de quem tem a convicção de que fez a escolha certa, de quem sataniza casamentos e de quem é uma solteira irremediável. Longe de mim, eu adoro ter alguém.

❖

Por esse motivo, eu já namorei muitas vezes, com muitos caras diferentes. Sou praticamente um Martinho da Vila de saias. E todas, absolutamente TODAS as vezes que eu engatava uma relação, eu ouvia a mesma pergunta:

— Mas você vai apresentar o cara para o Lucas? Não tem medo de confundir a cabeça dele?

No começo, batia aquela culpa cristã. Será? Será que é muito cedo para apresentar um novo namorado? E quem determina esse tempo? E depois, se terminar, como é que vai ser para o Lucas?

Como não existe um Manual Básico para Mães Solteiras, tive que ver para crer. Precisei tirar o menino do plástico bolha e deixá-lo viver: conhecer as pessoas, gostar ou não delas e se despedir, mesmo contra a vontade, às vezes. Pois é assim que é a vida, desde o dia em que a gente nasce até o dia em que a gente morre. Num dia, nós escrevemos nas capas dos cadernos das pessoas que estaremos juntos até morrermos, mas bastam alguns meses de férias para perdermos totalmente o contato com aquele amigo inseparável. E sobrevivemos, não?

Desde que me separei do pai do Lucas, meu filho conheceu todos os namorados que eu tive. De alguns ele gostou mais, de outros, menos. Alguns viraram seus amigos e com esses até hoje ele conversa, mesmo depois de a relação ter ido à falência.

Luquinhas virou praticamente o meu filtro: só valeria a pena entrar no novo namoro se o cara topasse o fato de que eu sou uma mãe solteira, de que a cicatriz da minha cesariana não sairá com o tempo, de que eu não estou disponível somente para cinemas noturnos, trepadas, amassos, bebedeiras, festas, viagens românticas. De que a gente pode fazer tudo isso, mas também tem que ir ao parque, às festinhas de criança, levar ao médico de madrugada, ficar em casa no feriado esperando o pequeno chegar da casa do amiguinho. Só namorei quem entendeu que, desde o dia 12 de novembro de 2001, eu não sou mais sozinha, nem nunca mais serei.

❖

Quando o meu namoro com o Daniel acabou, o mais conturbado de todos eles e a relação em que o Lucas mais esteve envolvido, foi difícil contar ao meu menino. Porque para ele o Daniel significava dias na praia, brincadeiras, e ainda tinha a família toda do cara que ele havia conhecido e adorado. Foram dois anos de convivência intensa.

O Lucas tinha 7 anos quando esse meu namoro ruiu, de uma forma terrivelmente dolorida. Lembro-me de ter entrado no quarto dele e, aos prantos, contado que tínhamos terminado. Lucas me fez deitar em seu colo, acarinhou meus cabelos e disse que eu ficaria bem.

Ali eu entendi quem é que eu estava criando: um moleque emocionalmente inteligente, que poderia ficar confuso com truques de mágica e ilusionismo, com regras gramaticais, com frações, mas não com a vontade da mãe dele de ser feliz.

Dez

Filho,

Chegamos aos teus 10 anos. DEZ! Essas datas redondas são significativas por algum motivo que não sei bem explicar. Aos 10, você larga a decoração infantil das festas e pede para a sua mãe um bailinho com DJ, só porque você quer dançar agarradinho com a menina mais bonita da classe; aos 20, você acorda com um cachorro de rua lambendo a sua boca depois de tomar o maior porre da vida em um bar com seus amigos para se despedir da adolescência; aos 30, você se torna balzaquiano e tem a certeza de que passará o resto da vida solteiro – e termina a noite tomando um porre de vinho com teus amigos e combinando com algum deles que, se chegarem aos 40 solteiros, vocês se casam. Aos 40, a vida começa de novo, e por aí vai...

E é assim pra todo mundo, filho. A vida não é tão surpreendente em um só aspecto: ela acontece todos os dias, ela não para pra ninguém, independentemente de qualquer surpresa que possa surgir. Eu já te contei antes, em outras cartas, que você foi uma surpresa, não é? Me pegou de calças curtas, me deixou tonta, suando frio, com medo do futuro, cheia de dúvidas, e acho que foi assim com todo mundo. Mas a minha vida nunca parou, Lucas. Você não deixou a minha vida parar um só minuto.

Um dia desses, uma menina que conheceu a nossa história me escreveu para contar que a sua irmã adolescente tinha tido um filho e que andava um pouco triste porque achava que a sua vida tinha parado. Quer dizer, ela tinha essa impressão porque deixou de estudar pra cuidar do filho, não saía mais com os amigos, não namorava mais, não tinha tempo pra cuidar de si mesma, enfim. Aí eu contei pra ela exatamente isso que eu estou te contando: que por mais que a gente não perceba, a vida está rolando, no gerúndio mesmo, o tempo todo. E que filhos, mesmo aos 19 anos, mesmo de uma forma não planejada, não significam renunciar à própria vida, pelo contrário. Significam ter que dar o melhor da sua vida.

Parece um grande livro de autoajuda tudo isso, mas quero te contar como tudo rolou pra mim (ou melhor, para nós!) porque no decorrer da tua vida, seja em datas redondas ou não, você vai se deparar com situações que parecem imobilizadoras, mas não são.

Nós sempre fomos de uma família classe média (e #classemédiasofre, filho!): sua avó deixou de trabalhar para cuidar de mim e do seu tio quando nascemos e vivemos a vida toda com o salário de jornalista do seu avô, que nunca foi "grandes coisa" (embora nunca tenha nos faltado nada). Estudamos em escolas públicas, mas sempre moramos em um bairro legal de São Paulo. Fui andar de avião pela primeira vez aos 23 anos, acho, mas nunca deixamos de viajar nas férias, mesmo que tenha sido o mesmo destino todo ano: Olímpia, cidadezinha no interior de São Paulo para onde você ama ir.

Enfim, filho, quando eu engravidei de você aos 18 anos, já tinha terminado o colegial e estava sem estudar há algum tempo porque não tínhamos a menor condição de pagar uma faculdade. Eu trabalhava em uma creche como auxiliar de escritório das 7h às 17h e ganhava R$ 400 por mês. Naquela época, R$ 400 era o equivalente a R$ 400, ou seja, uma miséria. E aí, eu engravidei. Quer dizer, que perspectiva eu tinha de criar você com R$ 400, trabalhando o dia inteiro, e sem a menor chance de crescer profissionalmente sem ter feito uma faculdade?

A situação parecia imobilizadora e desesperadora e por isso o suadouro, o medo, as incertezas. Eu andava com uma cara de "e agora?" pra cima e pra baixo, mas uma das primeiras coisas que eu ouvi de seus avós quando contei que estava grávida foi:

— Agora você vai estudar.

E eles me disseram que ficariam contigo enquanto eu estivesse na faculdade e eu teria todo o tempo que fosse preciso para tentar arrumar as coisas. A vida te dá esse tempo, filho, mas você tem que fazer a sua parte. E meu tempo era curto. Quando você tem um filho, você pisca e ele já anda, você pisca de novo e ele já fala, você pisca mais uma vez e ele te pede uma *Playboy* de aniversário!

Aí eu olhei a lista de universidades que estavam com vestibular aberto, me inscrevi em alguns e fui fazer a prova. Em uma delas, na que me formei jornalista, o vestibular foi um dia antes do seu nascimento. Um dia! Eu fui enorme, mais grávida impossível, com você pesando 4,100 kg dentro de mim, com mais uns 4 kg de placenta, água e blá blá blá.

Era um domingo chuvoso, me lembro bem. Fui a única (ou uma das únicas) a poder subir de elevador porque meu local para fazer a prova era lááá no último andar. Eu parecia uma astronauta andando na lua, parecia uma velhinha de 100 anos andando devargazinho, mas com cara de moleca. Todo mundo na rua me olhava como se eu fosse uma extraterrestre quando estava grávida de você.

Quando eu cheguei à sala, avisei aos fiscais da prova que a minha cesariana estava marcada para o dia seguinte e passei o telefone do seu pai, dos seus avós, do seu tio, para qualquer emergência, caso eu entrasse em trabalho de parto naquele momento. Acontece, filho, principalmente quando as mulheres ficam muito nervosas, e um vestibular costuma deixar as pessoas nervosas. Mas eu não fiquei em momento algum. Todo aquele meu nervosismo do começo já tinha passado porque eu sabia que a vida me daria todas as horas que eu precisasse pra te fazer um menino feliz.

Fiz a prova, voltei pra casa, e no dia seguinte fui pra maternidade. Você nasceu e dois dias depois eu soube que tinha errado somente quatro questões de 80, tirei 10 na redação e era a 15ª colocada entre 15 mil pessoas que tinham prestado o vestibular. Ok, a prova tinha sido fácil, é verdade, mas eu sequer me lembro de uma única questão que caiu: minha cabeça estava em você o tempo todo.

Seus avós ficaram contigo todas as noites que eu precisei para poder estudar, ir ao bar e aprender a jogar sinuca em algumas aulas chatas, fazer melhores amigos, conhecer outro tanto de gente, namorar. Mas não é só isso que é viver, não é mesmo? Viver é um conjunto de coisas e a principal delas me esperava em casa quando eu saía, me acordava no meio da noite e me colocava em movimento o dia inteiro. Você sempre me impulsionou a seguir em frente.

De lá pra cá, filho, eu consegui um financiamento estudantil para pagar a faculdade (e terminei de pagar só esse ano), me formei jornalista, arranjei dois estágios ao mesmo tempo, muitos freelas, fui efetivada em todos os lugares pelos quais passei, nunca fiquei um dia só sem emprego.

Sustento, junto com seu tio, seus avós, que cuidam de você todos os dias, desde o primeiro.

Você estuda em uma boa escola, que eu posso pagar com a ajuda do seu pai, fez Kung Fu (e vai voltar, né?), fez natação (e enjoou, né?), fez escolinha de futebol (e era um desastre, né?), escolhe onde comer de vez em quando, vai a quase todos os jogos do Corinthians, viajou de avião pela primeira vez aos 6 anos de idade e vai pra Disney no fim do ano. Tua vida é boa demais, como a minha sempre foi, e sou feliz por poder (por podermos, no plural) te proporcionar isso.

Aos 10 anos, Lu, não é cedo pra te ensinar que, no decorrer de toda a sua vida, você vai se deparar com situações difíceis, muito difíceis. Que às vezes vai suar frio, se desesperar, chorar escondido. Vai ter insônia, vai ter muitas dúvidas. Mas existem respostas para todas elas. Basta você ter se cercado, a vida inteira, de gente que te move, que te impulsiona, que te faz caminhar em frente. De gente que não te atrasa, que não te imobiliza, que não te joga pra baixo. Olhe pro lado, Lucas, e veja a família que você tem, olhe para os seus amigos. São eles que vão te dar uma porção de respostas, mas é preciso que você queira buscá-las, uma por uma. Até que surja na tua vida alguém tão absurdamente importante quanto você é pra mim. E vai surgir, e vai ser maravilhoso!

Enquanto isso, estou sempre aqui. Nas datas redondas e quadradas. Desejando que a vida te traga todas as certezas que um dia você quiser encontrar.

Te amo muito.

Feliz aniversário.

Mamãe.

Dos presentes de 10 anos

Quando você é mãe solteira de um moleque, é bem provável que você tenha que fazer as vezes do pai em algumas situações. Mesmo que o pai seja um cara presente, como no caso do Lucas: eles se amam, moramos no mesmo prédio, e a convivência é ótima e frequente. Mas não é igual a estar ali todos os dias, então é em você que o moleque vai ter confiança pra perguntar como nascem os bebês, contar das namoradinhas de escola e, mais pra frente, querer saber tudo (tudinho mesmo) sobre sexo. É contigo que ele vai querer discutir os lances do futebol e pedir pra bater uma bolinha no fim do dia. Talvez ele te pergunte como é que faz uma pipa, como se joga bolinha de gude, como se brinca de bafo, ao invés de querer brincar de Barbie. É preciso estar preparada.

No meu caso, deu muito certo ser mãe solteira de um moleque porque a vida me preparou pra isso. Eu cresci com meu irmão e meu primo jogando bola na rua, aprendi a fazer pipa com um ex-namorado da minha prima mais velha, meu tio me levou ainda pequenina aos estádios e nunca mais parei de ir, eu conheço as regras do futebol. E eu sou mulher, ou seja: ele pôde brincar com aquilo que ele quis e não há conselho sobre mulheres que um homem possa dar melhor do que eu, porque eu me conheço, pô! Sei o que é TPM e que sim é não e que não é sim, muitas vezes.

Ainda, bebo cerveja como um operário do cais do porto, jogo sinuca e meus amigos às vezes me mandam fotos de mulheres peladas por engano, de tão mano que eu sou deles. Não foi uma nem foram duas vezes que eu era a única mulher da mesa com mais de vinte caras ouvindo que nós somos loucas, que nós não sabemos o que queremos, que mulheres são bipolares. Enfim, prefiro os filmes sanguinolentos aos filmes com a Meg Ryan, entendo mais da política do Corinthians que do movimento feminista, no Kung Fu eu dava uma surra em uma penca de caras, e preferiria trabalhar na construção civil do que fazer faculdade de moda.

E sou 100% mulherzinha. 100%.

Então, talvez por me conhecer quase melhor do que ninguém, o Lucas sempre me perguntou tudo o que quis saber e para o pai reservou mais respostas do que dúvidas.

❖

Já faz algum tempo que o Lucas me pediu uma revista *Playboy*. Antes de ter 10 anos, acho que antes de ter 9 e talvez antes mesmo de ter 8. Não é nenhuma taradice: é uma curiosidade em saber que existem outros peitos que não os da mãe. Amém! Lucas é um menino curioso e, quando se esgotaram as perguntas infantis, ele passou a me perguntar coisas um pouco mais sérias que eu não costumo levar tão a sério assim.

Por ter meu blog dentro da revista *TPM*, de vez em quando recebo as *Trip*, com algumas mulheres peladas entre as suas reportagens superlegais. As revistas sempre ficaram escancaradas em casa, mesmo quando eu morava com meus pais: mulher pelada nunca foi algo guardado a sete chaves. E Luquinhas, curioso, descobriu as revistas e viu todas, como eu já contei por aqui.

Um dia, ele chegou pra mim e perguntou:

— Qual é a diferença entre uma *Trip* e uma *Playboy*?

Eu disse a ele que a *Trip* era uma revista com muitas reportagens e pouca mulher pelada e a *Playboy* era o contrário: mais mulher pelada do que reportagem. É claro que ele preferiria uma *Playboy*, então, porque entendo a curiosidade para ver mulheres peladas, mas não entenderia se ele quisesse ler artigos extensos sobre preconceito, desigualdade social, higiene íntima e outras coisas. Lucas prefere ver as figurinhas e começou a me pedir uma *Playboy* incansavelmente.

— Quando eu vou poder ter uma?

— Ah, Lucas. Acho que na Copa — em casa, como bons amantes do futebol, contamos tudo "até a Copa" ou "a partir da Copa", mesmo sabendo que a possibilidade de irmos aos jogos com meu salário de jornalista é quase nula.

— Meu Deus, só em 2014? Só quando eu tiver 12 anos?

Ele pareceu meio desesperado e isso me fez pensar por que é que eu não deveria dar uma *Playboy* a ele aos 10 anos. E não encontrei nenhum motivo. Acho que é mais nocivo tratar a nudez como algo proibido do que matar a sua curiosidade. Tem o outro lado também: o contraponto é criar o Lucas como um cara preparado para lidar com as mulheres, para saber o que dizer na hora certa, fazer o cafuné que a gente gosta de receber, respeitar chororô na TPM e assistir ao filme da Meg Ryan quando é essa a vontade.

❖

Lá fui eu, junto com a minha mãe (sim, a avó do Lucas!), na Livraria Cultura comprar uma. Claro que, quando cheguei lá, não achava a *Playboy* de jeito nenhum e tive que perguntar:

— Por favor, onde ficam as revistas masculinas?

No caixa estavam duas meninas que me olharam com cara de "Uééé", enquanto um outro atendente corria pra me tirar daquela situação embaraçosa. Ele logo me entregou uma *Playboy* e eu disse:

— É para o meu filho.

E as duas me olharam ainda mais aterrorizadas. Fui mandar embrulhar a revista pra presente e passei pelo mesmo estranhamento de outra atendente:

— É pro meu filho! — me expliquei de novo, um pouco constrangida.

— O que me espanta é você ter um filho de 18 anos que já possa ler essa revista — ela me disse.

— O que me espanta é você não saber que, se meu filho tivesse 18 anos, ele poderia vir comprar essa revista sozinho e eu não teria que passar por isso — respondi.

— É verdade.

E encerramos aí as explicações.

❖

Na manhã do aniversário do Lucas, ele pulou na minha cabeça cedinho, como faz todas as manhãs. A *Playboy* não era o único presente, é claro. Entreguei alguns CDs (Elvis, The Baseballs), um quadrinho do Hobbit e o último pacote era o que ele não esperava. E ele ficou mais feliz com a revista do que quando ganhou a primeira bicicleta.

Mas demorou alguns minutos pra abrir, ficou ali olhando a capa por um tempo. Eu fui pra sala, pensando que ele queria ficar um tempo sozinho com a tal da Cacau, que era capa da revista, mas não deu dois minutos e ele veio atrás:

— Posso ler aqui contigo?

"Ai, meu Deus, respeite os limites de uma mãe", eu pensei.

— É claro que pode.

Logo no índice, tinha uma foto do Jô Soares e ele arremessou a revista longe:

— Meu Deus, mãe! Não me diga que o Jô Soares está pelado nessa revista.

Expliquei pra ele sobre as famosas entrevistas da *Playboy* e, depois que ele parou de tremer, ele avançou página por página. Até chegar na tal da Cacau, que, em uma das fotos, aparecia com a periquita cheia de granulado.

— O que é isso, mãe? É bicho?

❖

Contei no Twitter que tinha dado a *Playboy* ao Lucas e um cara veio me dizer que eu tirei dele o gostinho de fazer isso escondido. Talvez fosse, se ele não tivesse me pedido isso. E foi simbólico eu ter dado. Significa um: "você não me contará tudo, mas estou aqui pra tudo". Sem limites.

❖

No domingo, Luquinhas foi ao estádio comigo ver o Corinthians ganhar do Atlético Paranaense e ficar mais perto do título do Brasileiro. Em famílias antigas, o gosto pelo futebol até podia ser passado de pai pra filho, mas em casa isso também foi diferente. O corinthianismo e o gosto pelo futebol Luquinhas herdou da mãe. Graças a Deus.

Fui eu quem deu a primeira camisa e o levou pela primeira vez ao estádio e explicou a ele o que significa impedimento. Fui eu quem mostrou a ele o que é uma torcida apaixonada, como é ficar debaixo do bandeirão, que gosto tem um sorvete de limão no estádio. Fui eu quem o apresentou aos encantos e aos desencantos do futebol e é assim que será sempre, daqui até o fim da vida dele. Graças a Deus.

Por isso, outro presente que o Luquinhas ganhou foi entrar no campo com os jogadores do Corinthians antes da partida e ver a torcida por outro ângulo. Eu sempre quis conseguir isso pra ele, mas ele sempre morreu de vergonha. Até que, há menos de um ano, ele começou a me pedir para entrar e eu disse a ele que conseguiria perto de seu aniversário.

E assim foi feito: comprei o calção e o meião que faltavam para Luquinhas ter o uniforme completo e poder entrar no campo. Marquei com a assessoria do Corinthians, contei com a ajuda de uma amiga querida (obrigada pra sempre, Maricota), e lá fomos nós ao portão 23.

Eu parecia mãe de miss, só que ao contrário: mãe de um maloqueirinho que entrou em campo com o Ralf ("Ele é raçudo, mãe!"), saudou a torcida do Corinthians, apareceu na TV e voltou correndo pra me contar como foi com os olhos cheios de lágrimas:

— A torcida, mãe! A torcida é a coisa mais bonita que eu já vi!

Eu ali, com um nó na garganta de me fazer perder o fôlego, agradeci demais por esse menino. E agradeço todos os dias.

Mulheres mais velhas

Atire a primeira pedra quem nunca se apaixonou por um professor ou uma professora quando era criança. Agora, abaixa que lá vai pedrada! Eu NUNCA me apaixonei por um professor.

Primeiro porque, quando eu era criança, só tive professorA. Do maternal até a 4ª série, todas foram mulheres. E aí, na 5ª série, eu já tinha um pouco mais de discernimento. Segundo porque todos os meus professores eram bêbados, feios, velhos e cuspiam enquanto falavam, o que nunca me atraiu. E isso não é uma crítica: se eu fosse professora de escola pública, eu também beberia pra caralho – (ok, eu nem preciso ser professora de escola pública pra isso).

Meus colegas de classe, sim, se apaixonaram por professoras pelo menos duas vezes. Na 5ª série, eu tinha aula de geografia com a Monalisa, uma mulher alta, de cabelos lisos até a bunda, que por sua vez era gigante. Ou seja, tudo o que um pré-adolescente precisava para passar horas no banheiro. E na 7ª série, eu tinha aula de educação física com a professora Silvana.

A Silvana renderia mais histórias (uma contando sobre uma suspensão que tomei e outra debatendo sobre a ética profissional), mas não vou me alongar sobre ela. Tudo o que precisamos saber é que ela devia ter uns 20 e poucos anos e dava bola para os alunos da 7ª e da 8ª série. Sim, não estou exagerando! Ela pegava a molecada e chegou a se apaixonar loucamente pelo Alemão, um menino de 14 anos na época.

Em 1995, eu não sabia muito bem o que era pedofilia. Achava tudo aquilo um absurdo, principalmente porque os meninos mais bonitos da escola olhavam para ela e não para a gente. Para todas nós restava um mero bagaço de uma porção de babacas, pobres meninas despeitadas e de canelas roxas. Sei que alguém a denunciou – talvez a própria mãe do Alemão – porque ela não durou seis meses na escola.

NOTA MENTAL: Um ano depois de o Alemão sair da escola, eu o encontrei em uma festa junina do Sesc Pompeia. Ele me contou que a Silvana passou um bom tempo o perseguindo, louca, desesperada.

❖

Essa não foi uma introdução para dizer que o Lucas está apaixonado pela sua professora. Ela é uma senhora com a idade da minha mãe e não é lá muito atraente, amém. Espero, inclusive, que nenhuma Silvana cruze o caminho do Lucas, embora muitos meninos que estão lendo esse texto desejassem uma professora dessas em suas vidas. Acho perigoso, desequilibrado, doentio e criminoso.

Eu sempre gostei das pessoas da minha idade. Quer dizer, quando entrei na 5ª ou 6ª série, os meninos da 8ª pareciam mais atraentes, mas eles tinham dois anos a mais do que eu. Lembro-me de, aos 13, pensar que eu sempre ia querer namorar os meninos de 14, mesmo quando eu tivesse 30 e poucos. Isso me tornaria uma Silvana, mas não me cabia na cabeça gostar de alguém com bigode, barba e pança. Ainda bem que eu não tinha nenhum problema e, conforme eu fui crescendo, me desinteressei pelos caras de 14 e fiquei a fim dos que estavam na mesma faixa etária que eu. E hoje, já adulta, curto mesmo é uma barba com pança.

❖

Ainda no ano passado, o Lucas saiu da escola me contando que algumas adolescentes queriam namorá-lo. No colégio dele, crianças e adolescentes ficam separados: estudam em prédios diferentes e usam até uniformes de outras cores. Nunca me preocupei se isso é bom ou ruim, mas, pensando agora, ao escrever esse texto, essa separação servirá como um importante rito de passagem. Antigamente, beeem lá nos antigamentes, meninos usavam calças curtas e homens calças compridas. Naquela época, ganhar uma calça comprida devia ser mais legal e libertador do que tirar uma carteira de motorista. Do mesmo jeito que trocar a camiseta amarela pela branca significará para o Lucas — e para mim também — que ele definitivamente cresceu.

Ok, fecha parênteses. Acontece que, lá na escola do Lucas, a cantina e o bebedouro são os mesmos para os grandes e os pequeninos e esses são uns dos poucos espaços de interação entre as duas turmas.

Estava o Lucas lá, todo pimpão, tomando água, quando desviou o olhar e viu três meninas mais velhas olhando para ele. Elas apontaram e disseram que ele era bem bonitinho. Ele até engasgou.

O fato é que ele entendeu tudo errado. Tá certo, o Luquinhas é bem bonitinho mesmo, mas as três não diziam isso no sentido bíblico da frase. Foi mais um: "nossa, que criança bonitinha". E aí o inconsciente dele já imaginou um passeio no shopping de mãos dadas, filhos, e um lanche apimentado na cantina da escola, enquanto todos os amiguinhos dele o invejavam.

— Elas me querem, mãe!

Nesse dia, tentei explicar para ele que as coisas não eram bem assim, mas o Lucas tem uma autoestima inabalável e ele encasquetou com aquilo. Eu resolvi não dar muita bola, até porque vai saber quando ele encontraria essas meninas novamente.

❖

Nem todos sabem, mas eu saí da casa dos meus pais e agora moro com o Lucas e meu irmão. Assim que nos mudamos, poucos dias depois, encontrei uma menina no elevador, voltando do inglês. Troquei meia dúzia de palavras com ela porque descobri que ela morava no apartamento em frente ao meu. No dia seguinte, eu descia no elevador com o Luquinhas pela manhã para irmos à escola e encontramos a menina com sua mãe. Ela também estava com o mesmo uniforme do Lu, mas de cor branca.

Na hora, percebi que meu filho ficou laranja e emudeceu. Nem cumprimentou ninguém no elevador e se escondeu atrás de mim, como se tivesse dois anos. Quando estávamos sozinhos de novo, subindo a avenida até a escola, ele me contou:

— Lembra daquelas três adolescentes que queriam me namorar? Nossa vizinha é uma delas.

É por isso que eu sempre digo: não se pode sacanear ninguém nessa vida, porque ela realmente dá muitas voltas. Graças a Deus, ninguém fodeu ninguém nesse caso e a situação era mais simples do que parecia.

❖

A vergonha era tanta que o Lucas passou dias se escondendo da menina, querendo sair mais cedo ou mais tarde de casa para não calhar de irmos à escola no mesmo horário que ela. Só que eu e a mãe dela ficamos amigas e ela me ofereceu carona para eu não ter que subir nove quarteirões a pé até o colégio do Lu.

Quando eu contei a ele sobre isso, ele nem cogitou a possibilidade de aceitar a carona e quase se ajoelhou pedindo pelo amor de Deus para não irmos.

— Lucas, você tá com medo de ser estuprado? O que tá rolando?

Ele tinha tanta certeza que elas eram apaixonadas por ele, mas, na hora, peidou na tanga.

Até que, em um dia de chuva, nós tivemos que aceitar a carona. Lucas parecia uma pedra dentro do carro e cheguei a pensar que ele estava sem pulsação e batimentos cardíacos. Quando estacionamos na frente da escola, ele desceu correndo e nem ao menos me deu tchau. Tive que justificar para a mãe da menina dizendo que ele era uma criança muito tímida. Muito.

❖

Aceitamos a carona mais algumas vezes e o Lucas, aos poucos, foi se soltando. Até que ontem ele já estava soltinho da silva. Fomos os quatro conversando no carro e a menina contou que tinha ido a um show no domingo.

— E a minha mãe que foi ao show do Ozzy no sábado porque ganhou ingresso de R$ 600? — Luquinhas completou.

Vi que ele não estava normal: era uma mistura de ansiedade com contar vantagem, tudo isso aos gritos, dentro do carro. Falou mil vezes que ia para a Disney com o pai em julho e que teria que faltar na escola para tirar um passaporte francês, porque ele tinha direito à cidadania francesa. O problema é que era tudo de uma forma descontextualizada.

Não sei quem voltou para o assunto dos shows e o Luquinhas, que nunca foi em nenhum, emendou:

— E eu que já fui na casa de Santos Dumont?

— Meu Deus, Lucas? O que tem a ver o cu com as calças? — não aguentei.

— Ué, são passeios culturais.

Quando chegamos na porta da escola, ele me disse:

— E aí? Se ligou?

— No que, Lu?

— Já ganhei um sorrisinho dela, mãe.

— Como assim?

— Você não viu o sorrisinho que ela me deu na garagem?

Aí tudo fez sentido: a autoestima do Lucas continua inabalável e ele, com a certeza de que ela o ama, queria só aparecer. Só que é ruim demais no xaveco.

❖

Ontem, quando eu estava pensando em escrever esse texto, lá pelas 22h, tocaram a campainha lá de casa. Olhei pelo olho mágico e vi a menina na porta de casa, de pantufas e pijama.

— Oi, você pode me emprestar a sexta temporada de *Friends*?

Mandei ela entrar e esperar um pouquinho, enquanto eu procurava os DVDs. O Luquinhas já estava dormindo.

Hoje de manhã, contei para o Lucas:

— Adivinha quem veio ontem de noite aqui em casa?

Ele não acreditou.

— Ainda bem que você estava dormindo, porque senão você iria enfartar achando que ela veio em casa de pijaminha atrás de você.

— Ia ter uma parada cardíaca, mãe — ele me sorriu.

Contei que o pijama não era nada sensual, que era um conjunto de algodão com algum bichinho estampado na frente, como toda menina de 15 anos deve usar.

— Ela até deu uma bizoiada no teu quarto, Lu. Sorte que você não tava com a cueca de elefantinho!

— Para, eu nem tenho uma dessas! — ele riu.

Não tem mesmo. Mas estava usando uma do Bob Esponja.

※

Vou é deixar rolar. Não sou eu que vou dizer para o Lucas que ele não atrai meninas de 15 anos ainda, nem que o futebol dele é ruim demais, por isso não dá para ele ser jogador. A vida vai mostrar. Porque lá na frente, o tempo vai passar e todos, no fim das contas, terão a mesma idade novamente. O importante nisso tudo é alimentar boas histórias enquanto os anos fazem o seu trabalho. Pra gente não ter que viver o resto da vida se escondendo no elevador quando o destino morar bem no apartamento da frente.

Redes sociais

Antes do advento das redes sociais, a maneira que nossos pais tinham de nos stalkearem era abrindo, como quem não quer nada, as nossas gavetas. Bastava guardarem umas toalhas em um cantinho mais obscuro do guarda-roupa pra acharem aquilo que não deveriam.

E quando inventaram as redes sociais, inventaram também outro jeito de arrombar os nossos diários, de conhecer nossos amigos sem que a gente precisasse levar em casa, de saber onde estaríamos sem que nos perguntassem (sim, sempre está ali para todo mundo ver).

Minha geração meio real, meio virtual, meio mussarela, meio calabresa, passou pelas duas situações de emputecimento e vergonha alheia com os próprios pais.

Mas, conforme os nossos filhos vão crescendo e o tempo vai passando, você vira muito mais mãe do que filha. É como se dividissem dois times na queimada e você se visse sendo escolhida pelo outro grupo, pra nunca mais sair de lá.

Então, sábado à noite, lá estava eu mexendo nas gavetas virtuais do meu moleque. Logo eu, que nunca me vi fazendo isso quando era da idade dele, estava lendo com olhos curiosos seu perfil em um desses sites de perguntas e respostas. Não que eu tenha procurado, mas fui ali "guardar umas toalhas" e o cantinho obscuro do armário estava "meio iluminado".

Quando li uma pergunta, "Você tem pegada?", e uma resposta, "Depende de você...", fiquei uns 5 minutos ali, parada, pensando no que minha mãe poderia ter sentido todas as vezes que achou minhas "pegadas" perdidas pela casa – e depois pelas redes sociais.

Ao recuperar o fôlego, pensei no que podia fazer em relação a isso e é claro que concluí que absolutamente nada, a não ser torcer para que tudo dê certo ao meu filho e que os tombos sejam pouco doloridos quando ele descobrir que pegada também depende dele (daqui a alguns anos, espero!).

Mães, pais, filhos, família, essa eterna causadora de vergonha alheia. Mãe, desculpe-me por tudo que te fiz ler por aí, mesmo que quase sem querer. Filho, desculpe-me por tudo o que já li, mas, porra, tranque essas gavetas aí!

Mãe não pode transar

Aí que ontem o marceneiro foi lá em casa fazer a estante de DVDs e, de noite, eu e Luquinhas começamos a organizar os nossos filmes.

— Mãe, você tem algum outro filme tipo esse *Férias frustradas*?

— Tenho sim, filho. Tenho alguns. Vê aí nas comédias. Tem *Corra que a polícia vem aí*, tem *Um dia a casa cai*, tem...

— Não, mãe. Não tô falando de comédia. Tem algum outro filme onde aparece uma mulher pelada?

Eu sempre respiro muito fundo quando entramos nesse assunto porque sei que virão perguntas muito mais cabeludas e terei de responder a todas. Sem demonstrar espanto, já que qualquer movimento brusco o fará nunca mais contar nada pra mim.

Dito e feito, passamos mais de meia hora falando sobre mulheres peladas, revistas de mulheres peladas, filmes de mulheres peladas e jogos de videogame de mulheres peladas. Até que o papo evoluiu para camisinha e sexo, não necessariamente nessa mesma ordem.

Então veio a pergunta valendo um milhão de reais:

— Mãe, você já transou?

Pelo visto, meu filho não entende muito de processos.

— Já sim, Lucas.

— Quêee? Como assim, mãe? Você já transou? — a essa altura, ele aparentava um desmaio próximo.

— Ué, Lucas. Já.

— Com quem, mãe?

(Sem movimentos bruscos... Sem movimentos bruscos...)

— Com o seu pai?

— Ãhm? Com o papai?

Aí eu resolvi perguntar pra ele o que diabos era transar, porque parecia que não falávamos sobre o mesmo assunto.

— Mãe, transar é namorar pelado.

É verdade. E agora ele acha o pai dele um safado.

TOP! TOP! TOP!

Dia desses, levei o Luquinhas em uma festinha no prédio da minha mãe. Lá pelas tantas, uma menina de 7 anos, toda bonitinha e serelepe, veio falar comigo:

— É verdade que o Lucas já teve 11 namoradas?

— Sim. Por quê? Ele está te paquerando?

— Tá, sim! Quer dizer, nós dois já estamos namorando. Mas só até o fim da festa.

Tipo ficando, sabe?

❖

O caso é que, apesar de ser a 12ª namoradinha do Lucas (e contando!), ele foi o primeiro namorado dela. Aquele que ela vai lembrar por bastante tempo, talvez. E quando as filhas dela, no futuro, perguntarem quem foi seu primeiro namorado, ela vai responder, com aquele sorrisinho no rosto de quem tem saudades da infância, que o nome dele era Lucas.

Do mesmo jeito que eu me lembro do Rafael, meu primeiro namoradinho do maternal. Acho que já contei aqui no blog sobre ele: um molequinho que comia bolachas do chão. Quando ele se mudou de escola, passou um tempo ligando em casa, aos prantos, para dizer que tinha saudades.

Logo depois, no pré II, eu namorei outro Rafael. Esse foi um namoro longo, durou acho que um ano, até que ele me trocou pela Ana Elisa. Depois vieram Flávio e Antônio ao mesmo tempo, porque, veja bem, eu era uma mulher magoada e precisava me vingar. Lembro que, durante o recreio, eu sentava na área do bebedouro, no meio dos dois, para receber cafuné.

Aí eu enfrentei uma longa seca, da primeira série até o segundo colegial, quando eu conheci o Luiz. Às vezes cometo o equívoco de dizer que ele foi o meu primeiro namorado, ignorando a existência do Rafael. E, a bem da verdade, o Rafael me ensinou tudo o que eu sei sobre o amor, afinal, quem é que continua amando vendo o outro comer bolacha do chão?

❖

Logo, a festa toda sabia do namoro dos dois e eu dei o azar de a família inteira da menina estar no evento. Aos poucos, tio por tio veio falar comigo:

— Ela me contou que eles estão namorando, mas já fiquei sabendo que o Lucas é muito galinha.

Amigo, isso é tocar a vida para a frente, porque 12 das 12 meninas com quem ele já brincou de namorar meteram-lhe a bicuda.

Ainda assim, preciso explicar para ele que algumas coisas em um namoro não devem ser ditas, mesmo que a companheira ou o companheiro queiram saber. Isso é um bom conselho para a vida toda. Não vale a pena perguntar o que você não quer ouvir. Nem dizer aquilo que ninguém quer ouvir. Acho que a gente tem uma mania meio sadomasoquista, desde criança, de querer saber sobre o passado dos outros sabendo que não vai gostar da resposta. Então eu aprendi que é melhor não perguntar. E se te perguntarem, é melhor não responder.

❖

Daí veio a avó da pequena. Estávamos sentados no sofá: eu, meu namorado e um amigo do Lucas jogando videogame. Ela, de pé, na porta do prédio, puxou papo. Contou que era o primeiro namorado da menina e que achava tudo muito avançado para a idade. E o amiguinho do Lucas jogando videogame.

Eu lhe expliquei que o Lucas já tinha tido várias namoradinhas, mas que namorar para ele era brincar junto na hora do recreio. Que nem pegar na mão ele pegava. Que eu conversava muito com ele. E o amiguinho do Lucas jogando videogame. Até que ele abriu a boca, ainda jogando videogame:

— É, o Lucas até pediu para eu falar com ela para ver se ela queria... você sabe.

O quê? Namorar com ele? Brincar com ele? Achei até fofo o menino ter feito as vezes do cupido.

— Não sei — respondi, ainda sorrindo. O quê?

Ele soltou o videogame e fez aquele gesto de foder. Sabe? O "TOP"? Ele fez exatamente isso. Só um top.

— O quê? — dei um grito.

E aí ele fez vários tops. TOP! TOP! TOP! TOP!

Te pergunto: o que se faz em uma hora dessas? Porque eu sabia que a avó da menina estava ouvindo aquilo e que eu não passaria de estado sólido para gasoso em segundos só para evitar a situação de ter que olhar para ela. Pensei em sair correndo, pelada, gritando pelo prédio para desviar a atenção, mas meus pais ainda moram lá e eu não poderia comprometer a moral de toda a família, já que parte dela tinha sido perdida ali, naquele momento.

Meu namorado pegou o celular e começou a jogar compulsivamente só para não ter que olhar pra velha. Eu me virei, lentamente, para encará-la. Ela me olhava com aquela cara de "O horror! O horror!", e eu só disse:

— Um minuto. Vou conversar com ele.

Saí daquela cena e fui até o parquinho, onde os dois brincavam de gangorra. Chamei o Lucas de canto e contei mais ou menos o que tinha acontecido, poupando-o dos gestos obscenos:

— Mãe, pelo amor de Deus, eu não falei nada disso!

Ele ficou bem desesperado.

— O que foi que aconteceu, então?

— Eu estava com vergonha e pedi que ele fosse conversar com a menina porque eu queria namorá-la. Só isso. Nunca disse sobre transar com a menina. Nunca transei com ninguém.

Ufa!

— Bom, se todo dia a gente aprende uma lição, a de hoje é que você não pode contar certas coisas para certas pessoas porque elas podem te colocar em situações como essa, Lucas. E agora?

– Conversa com a avó dela, por favor? Diz que eu não quero transar com a neta dela.

Tem cabimento? Eu tendo que ir falar para a avó de uma menina de 7 anos que meu filho de 9 anos não quer transar com ela? Nem por um cacete cravejado de diamantes. Mas fui até a senhora e expliquei que tudo tinha sido um mal entendido. Assim, com poucas palavras.

❖

Passei o resto da festa sentada no parquinho, olhando os dois brincarem. Não que eu tenha achado que eles iam transar se eu não estivesse ali. Fiquei olhando com saudade desse tempo que logo passará. Sei que em breve as coisas ficarão mais sérias para o Luquinhas. Daqui a alguns anos, espero, as brincadeiras de gangorra darão lugar a cinemas, sorvetes e telefonemas demorados com "desliga você", "não, desliga você primeiro". E as brincadeiras de trepa-trepa, bem, eu espero não ter que explicá-las para nenhuma avó.

Tecnologia

Hoje o Lucas viveu sua primeira grande aventura sozinho: a luz acabou e ele ficou preso no elevador.

Saí apavorada de casa, com a cabeça semiensaboada e com a blusa do pijama, e quando cheguei o zelador tinha acabado de tirá-lo de lá.

– Lucas! Ai, que bom que você está bem! Me dá um abraço! Você ficou apavorado?

– Que nada. Fiquei jogando iPad no escuro enquanto não vinha ninguém.

Tempos modernos. Fosse na minha época, eu já estaria toda cagada.

VOLTA, BOB ESPONJA

Fui na Santa Ifigênia comprar uma capa para o celular do Lucas. Aí o atendente:

— Você gosta como? Com brilho?

— Não, é para o meu filho. Tem que ser sem brilho.

— Ah, então do Meu Malvado Favorito?

— Ele já é adolescente, tá com 12, tem que ser algo mais crescidinho...

— Do Bob Marley, então? Ele já fuma um?

Não tô preparada.

❖

FLUENTE

— Come mais, filho.

— Já comi muito desses bolinhos, tô cheio.

— Não se chama bolinho, se chama sushi.

— Esse aqui é bolinho. Chama *roll* e *roll* é bolinho.

— *Roll* não é bolinho, é rolo. Bolinho eles chamam de *cupcake*.

— Mãe, você está errada. *Cupcake* significa Bolo da Copa.

AUTOCRÍTICA

Meu filho ganhou um prêmio na escola por seu talento artístico:

— Que talento artístico, Lucas?

— Não tenho a menor ideia.

❖

QUESTÕES

Cheguei a Tiradentes e me lembrei de uma história de quando o Lucas era pequeno (tinha uns 4 anos) e meu pai cantava todas as noites uma música sobre Tiradentes para ele dormir. Até que:

— Vô, o que aconteceu com o Tiradentes?

— Ele foi enforcado e esquartejado.

— O que é esquartejado?

— Cortaram ele em pedaços e mandaram uma parte pra cada lugar.

— Vô, pra onde foi a bunda do Tiradentes?

❖

Quase 8 anos depois, ainda não descobrimos.

Amor pra vida toda

Durante 2009 todo, o Lucas foi apaixonado por uma menina da escola chamada Gabriela. A Gabriela era realmente bem bonitinha: tinha os olhos verdes e usava maria-chiquinha dos dois lados do cabelo.

Na primeira vez que a vi, ela estava com a cabeça espremida em uma touca, porque dali a cinco minutos faria uma aula de natação, e mesmo assim a achei bonitinha. Um caso raro de bom gosto infantil, já que a primeira menina de que o Lucas gostou na vida se chamava Milenca, era uma ciganinha e tinha os dentes podres. Quem já não fez merda nesta vida, né?

Nas férias de julho, o Lucas não deixou de falar na Gabriela um só dia. Pela primeira vez, ele descobriu o quanto dói uma saudade e contou os minutos para voltar para a escola. Quando voltou, teve sua primeira desilusão amorosa:

— Mãe, o que aconteceu com a Gabriela? Ela tá... Tá... Tá... Banguela!

Mas os dentes crescem e o amor sempre renasce: poucos meses depois, ele recomeçou a falar na Gabriela como se ela nunca tivesse tido seus dias de Tião Macalé.

E o namorico ia bem: ele continuava olhando a menininha de longe, cheio de vergonha. E ela, sempre que se aproximava dele, metia-lhe a mão. Parece que, às vezes, quem lhe metia a mão era a melhor amiga da Gabriela, cheia de ciúmes.

⁘

Paralelo a isso, eu e Lucas tomamos a decisão de que em 2010 ele trocaria de escola. Estudaria em uma mais perto de casa, com outra professora, sem o demente do professor de educação física que lhe cobrava rendimento, e com mais diálogo entre família e direção, talvez.

Lucas se empolgou com a possibilidade de fazer novos amigos, de ficar longe do professor de educação física, de estudar pertinho de casa, e nem se lembrou de que não veria mais a Gabriela.

Até chegar o penúltimo dia de aula:

— Mãe, amanhã é o último dia de aula e preciso dar um jeito de pegar o telefone da Gabriela, porque senão não vou mais vê-la.

— E como vai fazer, Lucas?

— Não sei, mas só há um jeito de conseguir o telefone dela: se a Carol não for. Ela é uma amiga muito ciumenta, mãe. Não me deixa chegar perto da Gabriela.

Mulheres...

❖

No dia seguinte, Lucas me ligou depois da festinha de encerramento:

— Mãe, tenho uma notícia boa e uma má. Qual você quer primeiro?

— A boa!

— A Carol não foi para a escola hoje!

— Que bom, Lucas! Pegou o telefone da Gabriela?

— Essa é a notícia má. Eu esqueci!

Homens...

❖

Então ele saiu de férias e, verdade seja dita, falou na Gabriela todos os dias. Quando eu voltei do Rio, ele ficou por lá e me chamou no MSN para pedir que eu comprasse o livro *O poder do amor*, que ele tinha visto na Livraria da Travessa:

Leonor Macedo diz:
- qual é o livro que você quer?
- poder do amor?

Lucas diz:
- o poder do amor

Leonor Macedo diz:
- por que você quer esse livro?

Lucas diz:
- não fala isso pro titio, tá?

Leonor Macedo diz:
- tá
- mas por que você quer?

Lucas diz:
- por que esse livro me faz lembrar de uma pessoa

Leonor Macedo diz:
- você tá com saudade dela?

Lucas diz:
- *to*

Leonor Macedo diz:
- e como vamos fazer pra achá-la agora que as aulas acabaram?

Lucas diz:
- com o livro eu lembrarei dela

Leonor Macedo diz:
- vou comprar para você, tá?
- onde vende esse livro?

Lucas diz:
- na livraria travessa na parte *infantio*

Leonor Macedo diz:
- tá, vou comprar, tá?
- quando você chegar, estará aqui

Lucas diz:
- e valeu por você ter dito que compra pra min
- você já vai gastar 700 reais

Leonor Macedo diz:
- com o quê?

Lucas diz:
- o meu material escolar

❖

Minha mãe comprou o livro na Livraria da Travessa e ele continua em casa, jogado em um canto, ainda dentro da sacolinha.

— Eu nunca vou esquecer a Gabriela, mãe. Nunca!

Ele repetiu essa frase umas trezentas vezes durante os últimos dias de férias.

— Tomara que não, Lucas. Mas tomara que encontre um novo amor na nova escola.

— Nunca, mãe! Ela será eternamente o meu amor.

❖

Hoje começaram as aulas do Lucas e eu fui buscá-lo.

— E aí, Lucas? O que achou da escola nova?

— Gostei muito. Ah, e estou apaixonado por uma menina da minha sala. Você acertou...

— É? Já? Qual é o nome dela?

— Não me lembro, né? Hoje é só o primeiro dia!

Na hora do almoço, ele se lembrou:

— Morgana! Meu novo amor se chama Morgana!

EXPECTATIVA X REALIDADE

Expectativa: você dá um celular para o seu filho com o intuito de localizá-lo quando necessário, já que ele está grande e em breve começará a sair sozinho.

Realidade: ele te liga de dentro do banheiro para pedir uma toalha.

Não tenho palavras.

ATENÇÃO, ISSO É UM SPOILER

A janelinha da minha mãe pisca no Gtalk:

— Qual desses filmes é o mais leve: *Taxi Driver*, *Pulp Fiction* ou *Oldboy*?

— Acho que o *Pulp Fiction*.

— E o mais pesado?

— Acho que *Oldboy*. Não pelas cenas de violência, mas pela história. Não deixa o Lucas assistir porque nesse filme o pai transa com a própria filha sem saber...

— Aqui é o Lucas, tô no gtalk da vovó...

CHOQUE DE GERAÇÕES

— Mãe, preciso te contar uma coisa muito legal que aconteceu hoje: eu tive três aulas vagas!

Definitivamente, o que é legal para um filho nunca é legal para uma mãe!

ESTRESSE

Luquinhas disse que está com alergia nas mãos porque está estressado:

— Você não tem motivo para ficar estressado, filho.

— Tenho, sim. Tenho dois motivos: amanhã tem jogo do Corinthians e não tenho namorada.

ROBERTO CARLOS

Levei o Lucas no Museu do Futebol e, ao ver uma foto do Roberto Carlos, chamei-lhe a atenção:

— Lucas, o Roberto Carlos está vindo para o Corinthians!

— O cantor? Mãe, ele não tem uma perna!

É meu!

Lucas levou um livro novo para a escola e voltou revoltado porque uns amigos sujaram e arranharam a capa do livro.

– É por isso que eu não empresto livro! Livro não tem que ser emprestado! Acabaram com o meu livro!

Aí eu fiz um discurso, que livro bom é livro gasto, lido e compartilhado. Que livro intacto não vale de nada, que as pessoas escrevem livros para serem lidos por várias pessoas.

E contei a ele que, quando eu era mais nova, também não admitia que fizessem orelhas ou escrevessem nos livros. Até ver uma entrevista de um cara que dizia que não tinha conhecido o pai porque ele havia morrido quando o filho ainda era muito pequeno. Que a única coisa que ele tinha deixado para o filho foi uma biblioteca, e, quando o filho cresceu, percebeu que o pai fazia anotações em todos os livros. Anotava se tinha gostado, se concordava com o parágrafo, grifava o que tinha gostado mais. E foi assim que ele conheceu o pai.

Uma história linda, tocante, um discurso convincente... Que não adiantou porra nenhuma. Ele é pré-adolescente e continua revoltado.

Patriotismo

Lucas chegou outro dia da escola com umas fitinhas verdes e amarelas em um alfinete na camiseta.

– O que é isso, filho?

– A escola disse que eu tenho que usar porque é o mês da Independência.

– Você não precisa usar se não quiser, Lucas.

– Então, não quero.

E ele tirou da camiseta.

Ontem ele voltou da escola dizendo que o inspetor o havia alertado de que, se ele não fosse com as fitinhas o mês inteiro, seria impedido de entrar na escola.

Assim, me vi obrigada a ir hoje lá na escola dizer para o inspetor que Lucas não usará as fitinhas porque somos anarquistas.

Vai, Corinthians!

Eu não ia. Já tinha desistido, mas lá pelas 21h30 mandei meu filho colocar uma camisa do Corinthians, e o sorriso dele me mostrou que eu tinha feito a coisa certa. Partimos em direção ao Aeroporto de Cumbica naquela segunda-feira e, em dez minutos, estávamos na Penha. Da Pompeia à Penha em 10 minutos. E ali, na Ponte Nordestino, o trânsito parou. Não é coincidência: 90% dos nordestinos de São Paulo são Corinthians! E mais da metade dos paulistanos é Corinthians, logo, era óbvio que haveria um trânsito intenso no dia em que os corinthianos se despediam do time, que estava embarcando para o Japão. Mas o trânsito não andava e o olhar aflito do Lucas me dizia que não chegaríamos ao aeroporto. O Lucas roía o cinto e me perguntava algo de dois em dois minutos:

— Estamos perto do CT do Corinthians?

— Por que você não pega a pista da direita?

— Por que você não pega a pista da esquerda, mãe?

— Será que vai dar tempo?

E a aflição dele era a de todas as pessoas nos carros. A maioria, de corinthianos, com camisas e bandeiras, em uma grande carreata, na esperança de dar tchau e mandar a sua energia pro time, porque a maioria não conseguirá ir. Foi nosso momento mais perto do Japão. De dois em dois segundos, passava um motoqueiro gavião e um rojão estourava no ar. E devagarinho a gente andava. E andava mais um pouquinho e chegava perto do CT.

Quando passamos pelo Centro de Treinamento do Corinthians, milhares de corinthianos agitavam as suas bandeiras e se juntaram conosco no trânsito. De bicicleta, a pé, de moto, de carro, de van, de ônibus. E como se Deus fosse realmente corinthiano, daquelas sortes inexplicáveis que só tem quem não torce pro time de verde, a polícia fechou o trânsito. Lucas soltou um muxoxo, mas eu expliquei para ele que só tinha um motivo para aquilo: que o time do Corinthians ia sair do CT justamente naquele momento, quando, por uma incrível coincidência, dessas de minutos e segundos, passávamos lá na frente.

Os rojões, as bandeiras, as buzinas e os gritos de "vai, Corinthians" cortaram a Ayrton Senna e nos acompanharam até o aeroporto. E lá um mundaréu de gente transformava a escada rolante em arquibancada, o mezanino, em alambrado, o saguão, em invasão de campo. Era mais uma casa nossa.

Quando eu vi o Lucas boquiaberto, com os olhos brilhando, sem acreditar no que estava vendo, eu soube que estávamos fazendo parte de mais um capítulo emocionante da história do Corinthians. Em tempos de modernização e exclusão, de mudança do perfil da torcida, são raros os momentos em que podemos mostrar para essa nova geração o corinthianismo. Até para a minha geração é difícil. Aquele momento em que a gente pode se orgulhar ao máximo, que nada tem a ver com título, camisa nova, jogadores de peso. Tem a ver conosco. O momento de mostrar que nada é mais importante para o Corinthians do que o corinthiano. Do que o Lucas! Do que a gente!

Não sobrou nenhum extintor cheio no aeroporto. As cédulas de aposta da lotérica viraram uma bonita chuva de papel picado para quem estava lá. O chão do mezanino tremeu e os sinalizadores queimaram, no meio do saguão. Não ficou ninguém lá dentro que não fosse corinthiano. Imagens que o Lucas levará para o resto da vida, de um dia em que valeu a pena gostar de futebol. Cumbica nunca mais será o mesmo, nem nós mesmos.

Hoje eu vou dormir ainda mais feliz!

Sobre a verdade

A tecnologia é uma coisa maravilhosa. Pela internet, consigo ver todos os dias o conteúdo das aulas do Lucas, se ele tem lição de casa e como está se comportando. Mas eu nunca tinha entrado na ficha criminal dele porque lhe perguntava como estava indo e a resposta sempre era um mar de rosas. Até que ontem eu entrei e tinha VINTE E CINCO reclamações de professores sobre o desinfeliz, que variavam entre:

— Conversa demais na aula.

— Atrapalha o andamento das aulas.

— Não trouxe o material.

— Não fez a tarefa.

— Não trouxe a pesquisa pedida.

Cheguei em casa e resolvi ter uma conversa séria com ele.

— Lucas, hoje eu entrei no sistema da escola e...

— Eu já sei o que você vai falar e posso te explicar por que hoje fui expulso da sala.

— Você foi expulso hoje da sala?

Eu nem estava sabendo disso. A verdade, gente, ela sempre aparece.

Confusão

— ... o cara tava vestido de prostituto.

— Como se veste um prostituto, Lucas?

— Ah, prostituto e prostituta usam aquilo que você usa de vez em quando.

— Quê?

— Ah, aquele negócio que você enrola no pescoço.

— Cachecol? Lucas, prostitutas não usam cachecol.

— Não sei se é cachecol. Aquele pano que você enrola assim na cabeça.

— Tipo muçulmana?

— Isso! Confundi! Não quis dizer prostituto, quis dizer muçulmano!

Ei, você reparou que tem um palhaço aqui?

Hoje é sexta-feira de carnaval e o Lucas terá um baile animado em sua escolinha. Um momento *mágico* na vida do meu garotinho. E nada melhor do que se fantasiar de palhaço (ideia da vovó, que gastou seu rico dinheiro com a roupa na 25 de março) e pagar o mico de ir andando de casa até a escola com uma peruca colorida, uma gravata borboleta amarela e uma calça branca com bolinhas laranjas, além da papete, que é um calçado tipicamente de palhaço, pelo menos em terras paulistas.

Claro que eu jamais poderia perder a oportunidade de presenciar o povo rindo do meu filho vestido de palhaço na rua. Então atrasei alguns 40 minutos para chegar ao trabalho, pintei o nariz dele de batom vermelho, agarrei bem forte sua mão, e disse:

— Agora é hora de enfrentar o mundo, seu palhaço!

Como o Lucas é um garoto de sorte, o elevador veio vazio. Descemos para o térreo e avistei duas garotinhas vindo em minha direção. "É agora", pensei. Mas elas passaram pelo meu filho e nada disseram. "Ué, não viram", completei o raciocínio, mesmo achando estranho não terem visto uma criança com uma peruca colorida.

Respirei fundo, abri o portão, e dei de cara com a Avenida Pompeia. Uma avenida to-di-nha para ver aquele menino vestido de palhaço. Pessoas, árvores e carros. Mendigos. Garotos cheirando cola. Ninguém esboçou nenhuma reação. Andei cerca de dez minutos de mãos dadas com um palhaço e absolutamente ninguém reparou. Nenhum sorrisinho. Nenhuma risadinha. Nenhuma gargalhada. Nada. N.a.d.i.c.a. Sequer olharam. Como se fosse muito comum alguém sair de mãos dadas com uma pessoa de calça branca e bolas laranjas. Talvez no Rio, mas aqui não é comum. A deselegância é discreta por aqui, lembra Caetano.

Pela primeira vez, tive um exemplo claríssimo de que morar em cidade grande realmente gera o famoso "estresse da vida moderna". As pessoas não são capazes de sequer notar alguém de mãos dadas com um palhaço. Porque não é possível que todos que cruzaram meu caminho nesses dez minutos tenham sido criados em circo e habituados com o convívio junto de anões, mulheres barbadas e palhaços. Só me resta tirar proveito de toda essa distração: amanhã realizo o grande sonho de sair pela rua com bolinhas de tênis dentro do sutiã.

Comédia da vida privada

Hoje fui levar meu filho à escola e precisava falar com sua professora. Entregaria um trem de madeira como presente para as suas crianças e precisaria dar as instruções de como pintá-lo. Chegando lá, fomos recebidos por uma das sócias da escola:

— Olá, Leonor.

— Oi. Preciso falar com a professora do Lucas.

— Sobre o quê?

— Quero entregar esse trenzinho e preciso dizer para ela algumas coisas sobre ele.

— Diz pra mim, então, que eu digo pra ela.

— Ah, mas eu nunca posso falar com a professora do Lucas. Queria aproveitar que tive um tempinho extra hoje.

— Ai — cara de aflita —, está bem. Rose, a Carol ainda está no banheiro?

— Sim!

— Ela está no banheiro, Leonor.

— Não tem problema, eu espero — e fui invadindo a escola.

— Não, peraí. Você não pode subir.

— Por quê?

— É que a Carol... está com diarreia.

— Diarreia?

— É, diarreia.

— Coitada. Então, está bem. Diga a ela que fui eu quem mandou o trenzinho.

Dei um beijo no meu filho e saí da escola, penalizada com a pobre moça que teria de cuidar de quatro terroristas naquelas condições. Quando virei a esquina:

– Caroool! Acabei de sair lá da escola. Deixei um trenzinho para os seus alunos e vocês podem pintá-lo porque é de madeira.

Quando cheguei em casa, o telefone tocou:

– Oi, Leonor. É a Vera, aqui da escola. Desculpa ter dito que a Carol estava no banheiro. Eu não sabia que ela não tinha chegado e...

– Da próxima vez, apenas diga que ela está com enxaqueca.

Já que vai mentir, que seja com dignidade.

Gratidão filial

Quando minha mãe viaja, sou eu quem pilota o fogão lá em casa. Cá pra nós, eu herdei a mão da família Martin para a culinária e cozinho bem. Não tão bem quanto minha mãe, que cozinha maravilhosamente bem, mas não tão bem quanto minha avó cozinhava, que cozinhava não tão bem quanto minha bisavó cozinhava, e por aí vai. Mas isso não significa que a minha comida não seja de lamber os beiços.

Já a família Macedo não tem muita tradição na cozinha. Meu pai sabe fazer um arroz não tão empapado quanto o que a minha avó fazia, que não era tão empapado quanto o que a minha bisavó fazia, e por aí vai.

Enfim, a minha mãe foi viajar. Teve que ir às pressas para o interior de São Paulo, cuidar do meu tio, que não anda muito bem de saúde. E sobrou pra mim lavar a roupa, arrumar a casa, acordar meu pai, me acordar e cozinhar, entre outras coisas.

Então hoje, às 7h15 da manhã, lá estava eu preparando um filé de frango à parmegiana, arroz e batatas antes de ir para o trabalho. Fiz o molho com tomate de verdade, cortei os filés com destreza e temperei-os com tempero caseiro que eu mesma fiz. Ralei mussarela para colocar em cima dos filés. Preparei um arroz soltinho como nunca. Piquei as batatas em palitos milimetricamente calculados e iguais. Ou seja, botei pra foder no almoço.

Quando estava tudo prontinho, fumegando nas panelas, o Lucas, que brincava na sala, perguntou:

— Mãe, está sentindo esse cheiro?

Eu dei um sorriso largo e imaginei ele correndo em minha direção, me abraçando e rodopiando na cozinha enquanto gritava que me amava e que eu era a melhor mãe que ele podia ter. Depois, imaginei a Ana Maria Braga me convidando para ensinar a receita do meu almoço incrível na televisão e a produção do Globo Repórter invadindo a minha casa e me entrevistando para o especial "Como é difícil a vida de uma ~~jovem linda, chique e elegante~~ mãe que trabalha fora e ainda consegue preparar o melhor almoço do país". E me vi na capa daquelas revistas de pais e filhos, sob a manchete "A mãe do ano"!

— Que cheiro, filhinho? — e eu já abri os braços esperando o abraço mais apertado do mundo.

— Esse baita cheiro de feijão queimado! Quem será que vai comer essa porcaria?

Onze

Filho,

não sei bem qual foi o momento em que eu me tornei uma mãe de pré-adolescente, mais pra adolescente do que pra pré. Sei que não foi no dia em que você me pediu uma *Playboy*, por pura curiosidade e sem a mínima ideia do que fazer com aquelas páginas. Ali, você ainda era criança.

Também não foi no momento em que você deixou de me pedir brinquedos de aniversário e passou a me pedir aparelhos eletrônicos caríssimos que fazem sangrar o bolso de qualquer mãe jornalista. Ali, era o você de sempre, ágil com botões, jogos e lógica.

Certamente, não foi naquele Dia das Crianças em que você quis os CDs dos Beatles porque, filho, você sempre gostou dos Beatles. E basta o dia estar ruim e eu me lembrar de você cantarolando "All my loving" para tudo melhorar.

Muito menos foi naquela vez em que você saiu do banho sem toalha e eu vi (você vai querer me matar!) pelos e mais pelos, por todos os lugares, e fiquei absolutamente aterrorizada, porque, para ser mãe de adolescente, é preciso estar preparada. A natureza te prepara para isso, Lucas, da seguinte forma: primeiro, nascem os nenéns fofinhos que só choram, cagam e dormem, mas são tão bonitinhos que não tem como não amá-los. E aí o amor só aumenta porque eles passam a andar e a falar coisas engraçadinhas, e quando já não cabe tanto amor dentro do peito, eles se tornaram adolescentes.

Então, não tem devolução, você já não consegue mais mandá-lo para um orfanato porque, mesmo que o seu filho tenha se tornado um monstrinho (no seu caso, um pré-monstrinho), você já resolveu amá-lo incondicionalmente. Mesmo com todas as respostas atravessadas, e as portas batidas em dias de mau humor, e as discussões infindáveis por besteira pura. Mesmo quando vem da escola com um 3 em geografia e uma reclamação da professora de matemática por péssimo comportamento.

Filho, a cada dia em que você acorda um pouco mais adolescente, eu vejo como o meu amor é verdadeiro e me sinto preparada. Preparada para enfrentar o que eu fui para os meus pais. E o que você tem me ensinado todos os dias, desde que ganhou esse bigodinho ralo na cara, é a me colocar no lugar do outro. No seu lugar. E a me lembrar de como eu era, e do que eu gostava, e do que minha mãe fazia e que me dava vontade de morrer.

Eu sei, filho, que, ainda que não tenhamos tanta diferença de idade assim, por muitas vezes eu farei coisas que te darão vontade de morrer. Falarei algo na frente dos seus amigos que te fará sentir vergonha, contarei alguma história para uma namoradinha sua que te deixará a fim de arrumar uma trouxa de roupa e sumir.

Lu, por muitas e muitas vezes, você vai achar que gosta menos de mim, é inevitável. Você pode ler isso e ficar indignado, espernear e gritar que "isso nunca vai acontecer!" e me fazer aquele carinho desajeitado na cabeça, com o olhar complacente que eu ganho sempre que me faço de vítima. Mas, nesse caso, filho, eu sei.

Eu me lembro de todas as vezes que culpei meus pais pela minha infelicidade na adolescência e pelos males do mundo. De todas as vezes que tive a certeza de que meus pais não tinham a menor ideia do que estavam fazendo quando me negavam alguma coisa ou me proibiam de fazer algo. Como assim eu não podia ficar até as 4h da manhã na casa do fulano que eles sequer conheciam? Me lembro de todas as vezes em que senti raiva deles, quis fugir, quis xingá-los, e bati portas, bati o pé, gritei, chorei até desidratar, até dormir. "Isso não pode ser amor", eu pensava. Nem de lá, nem de cá.

E aí veio você, Lu, no meio de tudo isso. No meio mesmo, porque, como você já sabe, eu ainda era uma adolescente quando engravidei. Eu pensei que meus pais fossem me escalpelar, me expulsar de casa. Se eu era proibida de passar as madrugadas na rua, rindo e falando besteiras sem sentido com meus amigos, tocando um violão desafinado debaixo da janela de algum azarado, que dirá engravidar?

Quando eu contei a eles, foi difícil, filho (e você já ouviu essa história). Mais gritos, mais choro, mais vontade de morrer, de sumir, de fugir. Depois, vieram um cafuné desajeitado e um sorriso complacente (você tem a quem puxar), um travesseirinho de presente, a companhia no seu pré-natal, o choro na maternidade, o apoio diário, o cuidado contigo nas madrugadas em que estava doente, todas as vezes em que te buscaram na escola, as merendas com as suas guloseimas preferidas. Porque o amor, Luquinhas, mesmo que a gente não consiga enxergá-lo, está lá.

Ele está lá não só quando você deita no colo e até o Globo Repórter de sexta à noite fica divertido. Não só quando você diz que me ama sem motivo, no meio do meu expediente, por mensagem instantânea. Não só quando você canta comigo no caminho da escola e me surpreende por saber uma letra inteira do Cartola. O amor está lá também entre palavras malditas, entre tons exagerados, entre uma lágrima e outra. Está lá do seu lado no meio de um castigo, de um não intransigente, das exigências por dedicação aos estudos, e até no confisco da sua mesada quando você não me ajuda em nada. E sempre estará lá.

No seu aniversário de 11 anos, filho, o que eu desejo é que você passe exatamente por tudo o que eu passei (não tudo, por favor, use camisinha!). Nessa fase que já começou sem a gente nem se dar conta de quando, eu espero que você ria por qualquer besteira, sem nenhum motivo aparente. Que você conheça os melhores amigos para a vida toda, mesmo que perca o contato com eles no dia seguinte. Que você mate umas aulas sem o meu consentimento para ir até algum lugar absolutamente sem graça, só pelo prazer de me enfrentar. Que você vá para a praia com os amigos e ache que viveu a melhor viagem da sua vida. Que tome uns goles escondido e ache que fez a sua maior contravenção (mas para isso espere um pouquinho mais, ok?! Vamos evitar brigas). Que você passe da meia-noite em uma festa, quando marcamos de você voltar às onze. Que você se apaixone todos os dias por uma menina diferente e que elas esmaguem o seu coração para você achar que a vida vai acabar, mas só até amanhã, quando conhecer uma nova. Que você continue sendo feliz.

E, no meio de tudo isso, que você lembre que te amo, mesmo você sendo um adolescente. E que se lembre de me amar um pouquinho, mesmo quando achar que eu não mereça.

Feliz aniversário.

Sua mãe, incondicionalmente.

Presente

Lucas passou quase um ano falando como seria sua festinha de 11 anos. Nada de bexigas, piscina de bolinhas, enfeites temáticos. Como menino crescido que seria, decidiu:

— Vou chamar cinco amigos para passarem a noite aqui vendo filme de terror.

E fez a lista: *REC*, *O iluminado* e *O exorcista*.

Hoje, três dias antes dos 11, foi a tal festinha. Comemos cachorro-quente, pizzinha e mandamos ver na Coca-cola. Na hora do cineminha em casa, escolhi um filme mais *light* pra começar: *Uma noite alucinante 2*, um misto de *trash*, terror e comédia. Eles não pararam de falar um minuto e desdenharam do filme.

"Isso deve ser muito *light* pra eles", pensei, e coloquei *REC*.

Aos 18 minutos, um corpo cai do alto do prédio e a cabeça se espatifa no chão. Um dos meninos chora compulsivamente. Terminamos a noite vendo *O diário de um banana*. Cada coisa no seu tempo.

LUCAS NA ARGENTINA

— Lucas, vamos levar as *galletitas*!

— Levar o quê?

— Os *cookies*, filho, os *cookies*.

— Isso, fala comigo em português.

❖

QUANDO A CRIANÇA NÃO SABE MENTIR

Lucas chegou hoje pra mim e disse:

— Mãe, preciso de R$ 18 pra levar segunda na escola.

— Pra que isso?

Aí ele, gaguejando:

— É pra fazer uma atividade…

— De Páscoa?

— Isso, de Páscoa.

Não deu dois segundos:

— Mãe, quando é o dia das mães?

ÍDOLOS

Ontem Luquinhas estudava sobre biografia e autobiografia. Em um exercício, ele deveria escrever a biografia da pessoa de quem ele mais gosta. Vi que ele tinha escrito sobre mim:

— Que lindo! Você escreveu sobre a mamãe.

— É... queria escrever sobre o Michael Jackson, mas a vovó não deixou!

RECONHECIMENTO

Lucas fez a lição de casa correndo, um relaxo só.

— Lucas, você não vai ganhar parabéns da professora!

— Ué, eu não pedi!

O amor

Toda quarta-feira, eu e Lucas saímos para almoçar fora. Tem sido um momento ótimo, em que descobrimos restaurantes juntos (uma semana ele escolhe o lugar, na outra, eu escolho) e colocamos o papo em dia. Aí, hoje, dei uma de tia e perguntei das namoradinhas.

— Ah, mãe, esse ano está fraco.

— E aquela com quem você andava conversando? A que gosta de rock?

— Pedi ela em namoro. Sabe o que ela me disse? "Não, o amor não é para mim".

12 anos tem a menina. Doze.

Louca varrida

Acordei, olhei para o meu moleque e pensei no quanto ele é sortudo por estar com 11 anos e já ter tido a oportunidade de conhecer cinco países e três regiões do Brasil. Mais do que sortudo, pensei no quanto o Luquinhas é merecedor de tudo isso, porque a gente não é rico, então ele topa os perrengues e todas as barcas furadas em que eu coloco ele.

Ele topa ficar 15 horas dentro de um carro, com a bunda amassada e sem nada pra fazer, a não ser aguentar a ditadura que eu imponho no rádio.

Ele topa um calor de 40 graus em uma estrada esburacada Brasil afora.

Ele topa entrar em uns banheiros sujos e alagados em uma biboca qualquer, na beira de uma rodovia no meio do nada.

Ele topa se alimentar de empanada durante dias porque estamos sem muita grana pra comer em lugares chiques.

Ele topa dormir em albergues sem portas, em cama dura, em colchão de ar, no chão, ou em colchonete.

Ele topa sentir falta de ar na capital mais alta do mundo.

E ele também topa assistir a um pôr do sol às 22h na beira do Rio da Prata. Atravessar o Lago Titicaca em um barquinho. Conhecer civilizações incas e pré-incaicas fora dos livros. Entrar em todos os estádios de futebol que eu encontrar. Viajar no trem da morte.

Tudo isso aos 11 anos, com a paciência de um monge tibetano, porque é preciso ter paciência quando se nasce filho de uma louca varrida que o leva para fazer esse tipo de coisa.

Com as próprias pernas

Como um cachorro com a audição apurada, ouvi de longe quando ele saiu do elevador contando para a vizinha que era a primeira vez que voltava sozinho da escola.

Esperei que ele mesmo destrancasse a porta com a chave que lhe dei, porque agora nem sempre estarei em casa no momento em que ele chegar. E será assim para sempre, eu sei.

Também sei que o ritual só estaria completo na hora em que ele desse as duas voltas na chave, abrisse a porta e a trancasse em seguida. Como ele mesmo disse: "se isso fosse um videogame, teria desbloqueado a fase 'Conquistou o direito de voltar sozinho da escola'."

Meu coração se acalmou um tempo depois, quando olhei praquele rapaz em que ele se tornou, sentado no sofá, já em segurança. Me lembrei dos meus 12 anos, em como era legal crescer e conquistar pouco a pouco o domínio da minha própria vida. Depois, pensei na minha mãe aflita em casa, esperando que a gente voltasse da escola e atravessasse a Avenida Sumaré naqueles tempos.

Dei-lhe um longo abraço, muito mais como parabéns por ter "destravado" essa fase do que como um muito obrigado por chegar em casa vivo.

É muita sabedoria

Deixa eu compartilhar aqui um conhecimento científico do meu filho de 13 anos:

— Não come, Lucas. Caiu no chão.

— Ué, você não conhece a teoria dos cinco segundos?

— Não...

— Funciona assim: depois de cair no chão, se você tirar a comida de lá antes de cinco segundos, ela não foi contaminada e ainda dá pra comer.

— Mesmo se ela cair em cima de um monte de pelo de gato? Sujeira? Cocô?

— Olha, isso nunca aconteceu comigo, mas acho que sim. Se for em menos de cinco segundos, dá pra comer.

Mando notícias, em breve, direto de um hospital.

Irmãozinho

De tudo o que Lucas sempre me pediu, a única coisa que eu nunca consegui lhe dar foi um irmãozinho. Uma irmãzinha, na verdade. Sempre senti muito por isso, porque não há cumplicidade maior do que a de um irmão e a vida me ensinou assim, colocando o melhor deles no meu caminho.

Mas foram também os meus caminhos que não me permitiram dar esse presente ao Lucas. Quando ele nasceu, eu tinha 19 anos e a minha vida virou uma correria sem fim para tentar encaixar tudo no seu lugar: mais um filho não caberia no meu tempo, no meu orçamento, na minha bagunça.

Depois, com o passar dos anos, com a vida já menos bagunçada, com o orçamento já mais estável, com o tempo já mais repartido, faltou olhar para o lado e encontrar o parceiro que poderia dar a ele esse presente junto comigo.

Quando Luquinhas insistia muito, eu dizia a ele que pedisse ao seu pai, como se uma irmã fosse algo que pudéssemos comprar nas Lojas Americanas em 36 vezes sem juros.

Não sei se o Lucas pediu, insistiu, implorou, mas o pai dele atendeu ao pedido. Na quinta, mamãe me ligou, enquanto eu estava na sala de embarque do aeroporto, para me contar que Lucas vai ganhar uma irmãzinha ou um irmãozinho lá por meados de dezembro. E eu não poderia estar mais feliz por isso.

Filho, um irmão é, sim, o melhor dos presentes que a vida pode te dar. Que você possa ser pra ele o que o tio Rodrigo é pra mim. Que em dezembro você ganhe o seu melhor amigo pra toda a vida, o seu parceiro, o seu cúmplice. Que, mesmo com toda a diferença de idade, você cuide do seu irmão ou da sua irmã e ensine tudo o que você aprendeu até aqui. Que você seja o herói do seu irmão, o melhor espelho que ele (ou ela) poderia ter. Essa criança já é abençoada demais por ter um irmão como você.

Barba, cabelo e...

Então, é isso. Lucas saiu do banho, foi até a cozinha e disse:

— Mãe, olha pra mim...

— Tô olhando.

— Não está vendo nada diferente?

— Hmmm... Penteou o cabelo? Tá bonito.

— Não é isso...

— Surgiram mais espinhas?

— Não...

— Ué...

— Mãe, olha pra cima da minha boca.

— Tô olhando... Você... Você...

Sim, ele estava diferente!

— Você raspou o bigode!

30 de agosto de 2013. Eu já tenho um filho que faz barba e bigode.

Nunca fez tanto sentido eu ter esse nome de velha.

Treze

Filho,

Você já sabe que há 13 anos, quando você nasceu, eu era jovem. Ainda sou, embora você diga que não pra me encher a paciência, mas naquela época eu era jovem demais. Eu era a caçula da família, a mais nova entre todos os primos em primeiro grau.

Isso quer dizer que, quando você nasceu, nasceu no meio de uma família de adultos. Todo mundo conhece o conceito de filho único, mas eu era uma mãe única. Nenhuma das minhas amigas tinha filhos (estão começando a ter agora, quando você completa 13 anos), então eu não tinha essa de compartilhar experiências, de juntar os filhos para brincar no fim de semana. E você não tinha essa de conviver com outras crianças.

Quando eu chegava do trabalho e da faculdade, eu tinha que me atirar no chão para brincar contigo. Não era só te jogar para cima até você cansar, eu tinha que passar horas brincando de carrinho, de bonequinhos, e tinha que fazer vozes diferentes para cada um dos playmobils.

Eu montava uma cidade de Lego, corria até ficar com a língua de fora no pega-pega e rasgava meus joelhos no futebol. Aos 19, 20 e 20 e poucos anos, eu tive que deixar a minha adolescência de lado e ser a criança que você queria que eu fosse.

Hoje, 13 anos depois, você está saindo dessa infância, com direito a barba e bigode. Nossas brincadeiras mudaram um pouco, mas elas ainda estão ali, quase todos os dias. Eu ligo o rádio, toca uma música, e te pergunto quem é que está cantando. E você crava:

— Queen!

— The Cure.

— Ah, isso é Ramones.

— Tim Maia, sem dúvida.

Ou, às vezes, não tem a menor ideia. E eu te recordo. Ou você me ajuda a lembrar. Porque a gente brinca de se completar, desde sempre.

Quando você faz 13 anos, com tamanho e aparência de 16, eu te olho e vejo que o tempo está passando para nós dois. Está passando acelerado, mas você me renova e me faz renascer desde o primeiro dia. Me faz enxergar o mundo com olhos jovens e inquietos, faz eu me sentir como se tivéssemos a vida toda pela frente. Porque temos. E é bom demais saber que estaremos sempre juntos nessa brincadeira.

Feliz aniversário!

Com todo o amor do mundo.

Da tua mãe, única.

Gente fina

Foi difícil achar um talento em mim. Quer dizer, eu não nasci com um dom que as pessoas reconheceram desde que eu era pequenina. Meus desenhos não eram nada demais, nunca soube se eu tinha algum talento para a música (na única vez que tentei aprender violão, o Fernando Martin não conseguiu me ensinar nada além de "A canoa virou"), e eu era mais ou menos nos esportes.

Também nunca fui um gênio na escola: eu acumulava boas notas, mas nada impressionante, que me fizesse ser encaminhada para a turma dos pequenos-gênios-futuros-alunos-do-MIT.

Foi só quando eu cresci que percebi ser boa em algumas coisas: eu dirijo bem, cozinho bem e sou boa mãe. Ainda assim, não sou a mãe do ano, nem *chef* de cozinha, muito menos motorista de caminhão. Meus talentos não me rendem dinheiro ou sucesso, mas bons momentos.

Por tudo isso, não sou do tipo de mãe que cobra talento do próprio filho. Lucas nunca precisou ser o melhor da sala, nem fazer mil gols no futebol. Não exigi que passasse de faixa no Kung Fu ou que fizesse piano e violino para que tivesse "bom gosto" musical. Lucas nunca precisou apresentar rendimentos nessa casa: sua única incumbência era a de ser um menino gente fina.

Hoje Lucas teve uma seletiva na escola para integrar a equipe que vai disputar a Copa Danone. Seriam 12 escolhidos e, quando fui levá-lo, ele parecia mais empolgado do que o próprio talento no futebol lhe permitiria (Lucas puxou a mim e nunca será sustentado por suas habilidades no esporte).

Deixei-o na porta da escola, desejei boa sorte e lembrei-o de se divertir:

– O que quer que aconteça, filho, somente se divirta!

Quando cheguei para buscá-lo, ele me disse que não tinha sido escolhido.

– Poxa, Lucas... Você está triste?

– Está tudo bem, mãe. Outras competições virão, outras chances eu terei.

Não demonstrou frustração, pelo contrário. Não deixou de sorrir, me ensinando um monte, sem querer, nessa segunda-feira fria nem tão promissora.

Que talento pra ser gente fina tem esse moleque.

Reencontros

Hoje eu comecei o dia encontrando pela rua uma professora que o Lucas teve quando tinha uns 4 ou 5 anos.

— Zezé? — chamei, sem acreditar que ela me reconheceria.

— Lelê!

Pois me reconheceu e imediatamente perguntou do Luquinhas. Disse que assim que viu o Itaquerão pronto (não venham me encher o saco, eu chamo a minha casa da maneira que eu quiser), pensou logo no meu moleque: "foi ele quem me ensinou todas as músicas do Corinthians que eu sei até hoje".

Perguntou se a minha mãe ainda fazia os enroladinhos de salsicha que o Lucas levava em dia de festa na escola. Se o meu irmão ainda morava no Rio e se eu ainda namorava o "jornalista da Globo". "Ele me contava tudo", ela disse.

E ela relembrou histórias que eu nem sabia. "Quando era hora de ir ao parquinho, ele só ia ao banheiro se eu fosse junto, porque ele achava que se a professora estivesse no banheiro com ele, ele não perderia tempo pra brincar no parquinho".

Aí ela me contou que as coisas andam difíceis hoje em dia. Que as mães estão mais encrenqueiras, que pedem que ela seja diferente com os filhos. Que tudo é motivo de picuinha e bilhete na agenda. Eu contei pra ela como o Lucas cresceu um moleque bacana e que eu sou muito grata pelo tempo em que ela foi professora dele.

Ela pediu que o Lucas fosse vê-la, lembrou de mais duas ou três histórias e disse: "Tem aluno que marca a gente mesmo".

Tem professora que marca também.

14

Aos 14, os sorrisos para os pais são menos constantes do que aos 7. A gente fica mais duro, mais sisudo, mais bravo, mais ríspido, mais argumentativo. A gente fica mais chato com quem a gente ama.

Então, quando você chegou de viagem ontem, depois de ficar vinte dias longe, e me deu um abraço de cinco minutos, como se encontrasse em mim a pista de pouso daquele avião em que estava, como se você só tivesse chegado finalmente em casa no momento em que encontrou meu abraço, como se eu fosse a sua casa... Bem, isso me fez lembrar de onde eu quero morar para sempre. E é no teu abraço, Lucas, que agora me envolve por completo.

Feliz aniversário, filho. Com todo o amor do mundo, que transborda.

De filha para mãe

Lembro que, quando eu tinha uns 15 anos, minha mãe danou a beber em um réveillon e dançou ao redor da mesa da casa do nosso anfitrião. Eu senti vergonha e me escondi em um jogo de videogame, joguei tanto que nem vi o ano novo chegar.

Chegamos em casa depois da meia-noite, ali naquela década de 1990, e mamãe colocou pra fora os bofes, a comida e a dancinha. Eu quis fugir de casa, achei um absurdo aquilo, como ela podia dar esse exemplo, afinal? Dormi chorando.

Faz mais de 15 anos isso. No dia seguinte daquele ano novo, ela me pediu desculpa e voltamos a ser mãe e filha. Hoje entendo aquela dancinha e me entendo também, naquele dia. Mas ainda bem que o tempo é nosso amigo (a gente faz dele um amigo), e hoje eu e mamãe choramos nossos fracassos, comemoramos nossas vitórias e dançamos juntas ao redor das mesas, de muitas mesas, de todas as mesas.

Espero que um dia meu filho me entenda, e me perdoe, e dance comigo.

Este livro foi composto em Oyster e Filosofia. Foi impresso pela gráfica Rotaplan em Off-White 80g/m² para o miolo e Triplex 300g/m² para a capa. Sua primeira impressão foi em 2016, ano em que Luquinhas, personagem do livro, completou 15 anos. O desenho acima foi feito pelo próprio, aos três anos.